忘れ水

佐保川ふみ

文芸社

忘れ水——◎目次◎——

はじめに

先日短歌の友人から自費出版された歌集を贈られたのに触発されて私もその気になってしまった。今までに何度も人にすすめられたが気が進まなかったのに、八十四歳の今になって、やる気が起きたのが我乍ら半ばあきれたり、又、これは神の思召しではとも思い、構想を練っているうちに、マンネリの毎日に活気が出てきたように思える。

本は歌集ではなく、短歌のほかに、エッセイや自分史らしいものも折り込みたい。私は今までに三人の子供に、私自身のことを何も話していない。今ではそれぞれに忙しくて聞いてくれる間がないから、丁度それもあって書き残す気になった。元来私は三日坊主、根気なしで完成出来るか怪しいものだが、発破をかけてくれる友人がいるので期待出来そう。

さて、何日から書こうかと暦で調べて平成十二年六月二十六日と決めた。この日は乙卯（きのとう）の日で私が生れた大正四年も「乙卯」の年で縁がありそう。大安その他も吉なので、「一念発起の日」として書き始めた。それが今日である。昨年五月に二十日間入院してからはそれ以前の様な健康には戻らない。月々に弱るのが分かる程になっているので出来る限り急ぐことにする。

以上は自分に対して宣言した一文でしたが、それから一年以上経った今読んでみても、やっぱり「三日坊主で根気なし」であることが証明されたので苦笑しました。最初の頃はとても張り切って予定の半分が出来た頃、丁度今年になって体調が悪くなり、何も手につかなくなりました。友人も、体が大事だから無理をしないで、と大目に見てくれるのに甘えました。とても完成は難しいと半分諦めかけた頃から、又少しずつ体調が戻ってきました。

そこで中途半端のまま思い切って文芸社さんにご相談したのです。これは神様のお報らせでした。それは七月七日で七夕様の日でした。やっぱり内心、発破を期待していたのでしょう。すると、私は最初から子供達に残す出版物のつもりでしたが、一般にも読んでもらってはどうかとのおすすめを頂き、又、その気になってしまいました。力のない自分を知りながら……。そうなると読んで下さる方に何かお役に立って頂きたいと思う様になり追加しました。

「忘れ水」は野中などを流れていて人に知られない水のことです。私にぴったりで大好きなので題名にしました。私は口下手のせいもあって子供の時からずっと今まで目立つのが苦手の人間ですが、意に反して目立つことが多くて困ります。これからは、ひっそりと静かに余生を過ごしたいと希っています。

ペンネーム「佐保川」は叔父のペンネームで、生前、ほしければ使ったら、と言われていたので、大好きな唯一人の叔父だったし、「佐保川」も大和の佐保路を流れるロマンの川の名なので頂きました。

まだまだ書き足りない気がしますが、出版の日が迫り、いつまでもグズグズしていられないのでペンをおきました。気長く待って頂いた文芸社の坂場様、花里様には大変お世話になり、深く感謝いたしております。有り難うございました。

平成十三年　十月　吉日

佐保川　ふみ

冬枯れの野をきれぎれに忘れ水昏き思い出人に知られじ

うす氷春陽に解けて忘れ水知られぬままに明日を流れよ

ふり返れば誰もいない
～老いのつぶやき～

ふり返れば、もう誰もいない、
独りぼっちになっていた。
でも淋しくないよ、
空には一杯星があるから。

星は昼は見えないよ、
都会は夜でも見えないよ。

遠い昔、乙女の頃、
大阪でも、一杯星が見えた、
夏の夜、広い原っぱで、
芝生のような、きれいな草の上に

寝ころんで見た。

底知れない満天の星に、
深いふかい星の海に、

吸い込まれそうな実感が、
気が遠くなるような実感が、
この体中に残っているから、

そばに居なくてもいいよ。
今までのことは　みんな
この体中に浸み込んでいるから、
独りでも淋しくないよ。

神秘ものがたり

阿弥陀様の白毫からお光り

昭和五十年頃の或る日、人の紹介で老婦人が来られました。お名前はＩさんと言われ、とても珍しい姓だったのですが私には初めてではなくどこかで聞いた姓だと口に出して何度も言っている中に思い出したのです。それは昭和九年のことです。女子師範の最終学年の一年間は寄宿舎に入るのですが、私と同室の人が付属小学校の教生（教育実習生）になった時に毎日Ｉ君の話をするのです。一寸色が黒くて、目がクリッとしてやんちゃで賢い子だ、と七週間毎日聞かされていたことを思い出したのです。今思えば四十年前の事をよく思い出したものと不思議なのですが、やっぱり縁があったのです。その老婦人はＩ君のお母さんでした。そして話している中に、私の近しい姻族で上場会社の課長と会社は違うが同じ職種の為に親しい付き合いで、一緒に外国旅行にも行ったということが分かり、その時から五十歳近くなられたＩさん御一家とお付き合いすることになりました。

Ｉ夫人の話では、昭和五十八年終り頃から御主人の体調が悪く、特に目が悪いので近くの眼科に通っていたが、角膜移植するのがよいと阪大病院に紹介されて手術を待ちました。それは昭和五十九年初めの頃でした。角膜移植は順番が中々回って来ません。その当時はまだドナーも少なくまた難しい条件もあったと思いますが、春が来ても夏になっても御主人の目はどんどん悪くなるばかりで、手術が間に合わずに失明すれば大変だ、と朝に夕にお仏壇に手を合せて一日も早く手術が受けられます様にと拝みました。I家は浄土宗ですから朝食の前に「日常勤行式」という浄土宗のお経を上げ、続いて「南無阿弥陀仏」を百回位お唱えし、又時間のある時は般若心経も唱える毎日でした。御主人のことが四六時中頭から離れず、御主人の苦しむ様子を見るのがつらくて「私の眼と代われるものなら……」と真剣に祈願されました。

暑い夏も漸く終った九月の或る日のこと、夫人がお仏壇の前でいつもの様に拝んでいると急に明かるくなったのでよく見ると、お仏壇の中の阿弥陀如来の眉間から夫人の顔に向けてお光りが送られているのです。

それはそれは言葉に表せられない色で、金が混ざった様な、青白い様な光が一直線のものではなく、どんどん押し出してくる様な動きも巾もある、とても不思議なお光りでした。夫人は腰を抜かさんばかりに驚いて、茶の間のお嫁さんを呼びました。お嫁さんはお光りが消えるまでに間に合ったのですが、二人にはこれがどういう意味のものか分かりません。二、三の人に話しても誰も本気で聞いてくれないので、それきり、誰にも話さなかったのでした。

それから私の家へ久し振りにお見えになり御主人の病気のことを話され、私も知らなかったお詫びやお見舞のご挨拶を申しましたら、I夫人が「とても不思議なことがあって、人に話しても信じてくれないのです」と前置きをして前記の話をしてくれました。私はその話に驚いて「それは仏様の白毫《びゃくごう》から出されたお光りで、お経には書いてあっても実際に見た人のことは聞いたことがない」と言い、真心が天に通じたことを証明出来たよいお話を聞かせて頂いたことに感謝しました。そして私の僅かな知識ではありますが、「白毫」は仏様の眉間にあって、無量の国土を照らすという白い毛のことで、仏像を見ると、眉間に珠玉を丸く散りばめているのが白毫であることを夫人に説明しましたら、夫人は今初めて白毫のことを知ったと納得され大変喜ばれました。

それから間もなく、これも不思議なお導きによって十月初旬に待望の手術を受けられ、一〇〇パーセントの成功ですっかり健全な眼にして頂いたとのことです。

お仏壇の中の仏様のご絵像は飾り物の唯の絵ではないということがよく分かりました。お性根が入っていました。そして仏様はずっとご覧になって心の底までお見透しであること、そして阿弥陀様から有り難いお光りを頂かれたI夫人の献身的な愛情の深さに頭の下がる思いを致しました。この様な誰も体験できない貴重なお話を直接聞くことの出来た私はとても幸せで、私一人では勿体なく、多くの人にも聴いて頂きたくて書き残すことにしました。

時空を超えて

由緒のある尼寺の院主様が、九十幾歳で亡くなられてから百か日の法要の日のお話です。次に嗣がれた院主様が親しかったので、誰にも言ってないことだと言って話してくれました。お骨は大阪から滋賀県の或る所へ納められたことは伺っていたのですが、その法要の時に、そこから亡くなられた院主様がおいでになったのです。

その法要というのは、このお寺の院主様と近所の同じ真言宗の同じく由緒あるお寺の院主様と二人だけで本堂で行われたのですが、その最中に、本堂の縁で日向ぼっこをしていた猫が突然入って来てニャー、ニャーと本堂の中を探している様子で、ふと隣の院主様を見ると、一寸読経の様子が変なのでとても不安になり夢中で頑張って読経を続ける中に隣の院主様も平常に戻られて無事に終ったのですが、「院主様が前に立たれました」と聞いてびっくり。「院主様は真面目なお顔でおつむの毛が少し伸びていました。丁度猫が入って来た時です」とのこと。猫は亡き院主様がとても可愛がっておられた猫で、よく見ると頭から背中にかけて指の跡がべっとりとまるで油をつけた様になって一時間位その跡が消えなかったとのことでした。院主様は縁側の猫を撫でてから本堂へ入られたので、猫はなつかしい院主様と判って追ってきたのでしょう。普通の人間には見えない筈、感じない筈のものを猫が感じるのはこの猫だけなのだろうか、亡き人のお姿を御覧になった院主様も、又、凡人ではありません。きっと仏道を修行されて霊感を受けられる程の方なのだと思われます。

霊の世界は時空を超えると聞いていたが正にその通り、遠い滋賀県から来られました。戦時中に聞いた話ですが、ビルマで戦死した息子さんが戸を叩いたので家の中へ入れて話をしたとその母御さんに直接聞きました。戦死の通知には丁度その日が記されていたそうです。こんな話は当時どこにでもある話だったと聞いています。

生き返った詩人の話

いつの頃か忘れましたが、多分昭和五十年前後と思います。テレビで見たことです。七十五、六歳の女性で詩人だったように覚えていますが、その方は、自分の若い時の体験談を今迄は誰にも話したことがなかったが、もうこの年になったのでと仰って話されました。

昔、若い人が肺結核でドンドン亡くなっていた頃、その方も肺結核に罹り、何処かの郊外（田舎）で転地療養をしている時に一旦亡くなったのです。死ぬと体から魂が抜けるのですが、手の先からスーッと出て、ファーッと天井近くまで昇り、そこから看護のおばさんが自分の死体にすがりついて泣き崩れている様子が見えました。それから魂が外へ出ると夜です。田舎道でおじいさんと孫が歩いていて、子供が「アレ何？」と言うとおじいさんが「アレは人魂だよ」と言っていました。それからどんどん飛んで農家の裏口からその家の中へ入りました。その裏口にはワラ束や農具など色々と雑然と立てかけてありました。それから又外へ出て、後戻りをして家へ帰り、手の先から入ったら生き返ったとのことでした。それからどんどん快復して歩けるようになったので魂で飛んだ道を辿って行くとチャンと農家があり、裏口には見た通りの物が置いてあったとのことでした。そして、それ以後、人と向かい合うとその人の心の中がすっかり見えるようになりました、と仰っていました。

私は、お話の凡てを唯々感動して聞いていました。その中で一番考えさせられたのは最後の言葉で「それ以後、人の心が見えるようになった」ということです。仏になられたのだと思います。巧言で人を信じさせても神仏は本心をご存じであることが、この一言でもよく判りました。

死ぬ前に魂が肉体から離れる話

昭和三十年代後半の或る日のこと、四十歳近い婦人が、初めてハリ治療に見えたのですが、物を言えば直ぐに和歌山の人と分かったので、懐かしさについ、「和歌山のどちらですか」と尋ねると「富田」とのことでした。富田と聞いて私は直ぐ、戦時中新聞に載った大事件を思い出しました。それは小学校の講堂で行われた映画会でのことです。映画のフィルムから出火。皆逃げ出したのですが、入り口が一か所だけだったらしく一度に大勢が我先きにと殺到した為、倒れた人の上に折り重なり十何人か二十何人かの人が亡くなったということを思い出し、その時の様子を尋ねたのです。そしてその婦人から次の様な不思議な話を聞きました。

その事件があった何日か前の夜、海岸に涼みに行ったら人魂が幾つも飛んでいたそうな。ちゃんと見える人と見えない人があって見えなかった人は事件で亡くなった人だった。又、南京陥落祝いで提灯行列があった時、行列の後から人魂が沢山一塊になってついていくのが田圃のこちらから見えてあれは何だろうと皆不思議がっていた。その後あの惨事があったので、あれは魂が死ぬ前に体から抜け出たものと分かったとのことでした。

その婦人はその後一度も来なかったが、話し振りからはとても作り話とは思えない。この話を聞かせる為に神仏が彼女を遣わされたのではないか、と勘繰りたくなる。この話が本当だとすると、何事が起きるのも前から定まっていて人間が知らないだけのことと、私が今まで感じていたことが証明されるのではないだろうか。

お大師様にリウマチを治して頂いた母

母は紀州熊野に近い山中の村の庄屋の娘として、明治十六年に生れました。幼少よりひよわな体で、年頃になった時ヒョロヒョロしていたので村人からは「かずらひめ」と言われたとのこと。そしてとうとう十八歳（かぞえ年）から多発性関節リウマチに罹り、全身の関節が硬直し、ズキズキとうずいて丸太棒のように寝たまま、体は動かされず「東向きたいよー」と言うと、両親は痛くないようにとソロソロと向きを変えてくれるのがとても痛かったとのこと。それに比べ三つ違いの姉は一気にサッと向きを変えてくれるのでとてもよかったとか。祖父は医者にもう死ぬ子だから苦い薬はやめてほしいと頼んでいつも甘い薬だったそうだ。カラスが鳴くと村の人は「とうとう亡くなられた、可哀そうに」と噂になる程で、二年近く経った或る日のこと、お順礼さんが門に立たれて「御病人が居られますね」と頼みもしないのに座敷へ上って寝ている母に加持をされた。そしてどこかはっきり覚えてないが手の一か所に全然熱くもないお灸を一火据えてお帰りになったそうな。ところがその後が大変なことになった。それから母は七日七夜眠り続けたそうな。そして母が目が覚めたら、痛みはスッカリなく、而《しか》も関節が動くのです。摩訶不思議とはこのことです。きっと弘法大師様が順礼の姿で来られたのだと誰もが信じたとのこと。その後母は少しずつ動けるようになり、丁度赤ん坊の成長過程の様に、皆が見守って喜んでくれた様子を話してくれました。すっかり病抜けをしてどんどん肥えてきて、村の西のお花はんは西の関取で、母は東の関取と言われる程になったそうです。その後医師の指示通り二十五歳で結婚、五人の子供をもうけ（一人は夭死）、死ぬまで医者にかかったことはなかった。

昭和四十一年、八十四歳で亡くなりました。

夢のお報せ

昭和三十年頃にMさんが体験した話です。

Mさんの夫は怠け者で賭けごとに凝る困った人なので、何とか心を入れ替えてくれないものかと思い悩んでいる時、或る人から、これは悪因縁によるものだから御先祖を祀るがよいと教えられ、その会に入りました。そして教えられた通りに木で拵えた法座(仏壇)に夫婦両家の戒名を立てて毎日熱心にお経を上げておりました。

Mさんには当時二歳の男の子があり、ボタン付けなどの内職をしていましたが、或る日のこと、夫が競馬に行くのに、内職で預っている学生服何十着かを質に入れて、そのお金を持って出て行きました。内職斡旋業者がボタン付けの終った学生服を取りに来た時、言い訳に困るのでMさんは家を留守にすることに決めました。そして子供を連れて××公園へ行くバスに乗りました。

暫くバスに揺られている中にウトウトと眠くなり、その時夢を見たのです。とても不思議な夢で目が覚めました。その夢に現われたのは競輪場で売っている券で、数字が鮮明に書かれてあるのです。丁度次に止まる駅が競輪場前ですのでMさんは迷わず降りて競輪場へ行き、夢で教えられた番号の券を一枚買いました。一枚分のお金しか持っていなかったのです。

そしてそれが大穴だったのです。一万六千円という大金が入りました。急ぎ帰って早速質屋から学生服を出し、アパート代も払いお米も買うことが出来ました。

Mさんの一心に御先祖の供養をしている真心が神仏に通じてこの様なお導きがあったと思われます。そして競輪のことでも、誰が一着になるかなど、前以て決まっていて、人間が知らないだけであることもよく分かりました。これは先に記した「死ぬ前に魂が肉体から離れる」と同じで、とても常識では理解出来ないお話でした。

こわい程よく当たる易者先生（一）

或る人の紹介で三命学の見上先生という方と御縁を頂き、迷った時は必ず見て貰いに行っていました。私の話を聞いた或る方が喜んで早速見て貰いに行ったのですが、年頃の娘さんのことがあまり良い結果ではなかったのです。「この娘には賢い男は当たらん。『右向いておれ』と言えばいつまでも右を向いている男しか当たらん」と言われたとのことでした。それから暫くして、又そのお母さんが見上先生に見て貰いに行くと言って立ち寄られ娘の縁談の釣書を見せてくれました。それは一流会社勤務で、父は画家、実母は早く亡くなり継母とのこと。その帰途、又立ち寄り、見上先生の結果を語ってくれました。それによると、先生は釣書を見るなり、「よくも今まで生きてたな、こんなんやめとけ、やめとけ」とけんもほろろだったとのこと。やっぱり駄目だったのかと気の毒に思っていた処、又そのお母さんが見えて「娘が、ロクでもない男より、たとえ三日でもよいからまともな人と一緒になりたいと言って結婚を決めました」とのこと。

このことによって見上先生の真価が解ると私は興味深く見守りました。挙式は三月十七日でした。人の話では二人はとても仲睦まじく、旦那さんのほうは家の中でも奥さんの後を追うように離れなかったとのことでした。

ところが、不思議が起こったのです。七月の末頃だったと記憶していますが、夜突然旦那さんが居なくなったのです。浴衣か寝巻きのまま、下駄履きで出て行き、朝まで待ったが帰らず、会社へ欠勤の電話をした処、三日前から欠勤しているとのことで、又々びっくり。毎日いつもと変らず家を出て同じ時分にちゃんと帰っていたとのこと、それから五、六日経った八月の或る日、夏休みの小学生が畑の中の野井戸で遺体を見つけたとのこと、その辺は新開地で田畑が多く家から数百メートル位の場所とのこと。どうして、そうなったのか未だに誰にも判らないが、見上先生の眼力というか霊感というか、唯々頭が下がるばかりです。見上先生は元旦の早朝に京都の八坂神社でミソギをされ、御神酒を頂戴して、自宅の神棚にお祭りしているとのことで、ただ三命学の知識だけではない霊力を持っていられるのが当然と納得される。残念なことに「わしは六十四歳の寿命や」と言っておられたが、後日亡くなられたと人から聞いて口惜しく思いました。

こわい程よく当たる易者先生（二）

私は、高校三年の娘のことで見上先生の所に伺いました。娘は六歳からバイオリンを習っているので、当然音大を受けるつもりでいた処、八月になって急に就職すると言い出したのです。就職は八月には決まってしまうのです。元は男子校なので先生も女は四年制大学ならよいが、短大に行くのなら就職のほうがよいという程の当時の風潮でした。見上先生は「そんな大学に行ったら縁が遅れる、芸のために行き遅れになったら困るからな」とのことであっさり決断しました。そしてこの時「この娘はお腹にメスが入るから気を付けるように」と言われ、思い出したのは小学生の頃二回程、盲腸部の痛みを訴えるのでその都度、私が冷やして散らしていたことです。私は手術がこわかったのです。その話を聞かれて「今度なったら切るように、それで大病が免れる」と教えて頂き、一年後盲腸炎の症状が出たので手術をしました。

次に又、娘の縁談です。娘は見合いをしました。お互い気が合うらしい様子でしたが、私は相手本人には良い印象だったが少し気が進まない部分があったので見上先生に観てもらったら、「この縁より来月（九月）来る縁談がまとまる」と言われ、仰る通りに翌月に見合いしたのが決まり、結婚してとても幸せにしております。こんな時いつも私が思うのは、娘が幸せになる運命の下に生れているので、護り神が私をして見上先生の許へ行かしめたのだと解釈をしています。実は、娘は身長が一六八センチもあり、当時としては珍しいから相手になる男性が限られるし、だんだん可愛さがなくなってはと、何とか早いうちにとあせりました。娘が二十歳を過ぎた頃、信仰の篤い方がおられ、その人の言われる通り早朝六時頃、氏神様にお参りして、娘に良縁がありますます様にと、般若心経をお唱えしました。それまで全然知らなかった心経を毎朝往き帰りの道でも唱えている中に覚えてしまいました。その後はどこの神社仏閣に参っても唱えられるので、とても重宝しています。

氏神様に私の真心が届いたと思っています。神仏は我欲を捨てて自分以外のことや人のためにする真心をお見通しになって叶えて下さるのだと信じます。

或る三人の母親を知っていますが、三人共にそれぞれ信仰の対象は違うが信心深く美しい心を持った方です。その三人の娘さんは玉の輿と思うような結婚をしています。ただ金持だけでなく家柄、人柄が立派なのです。誰が見てもすじも育ちも違う釣合わない縁に見えるのですが、とても円満で幸福な家庭をつくっています。これは美しい真心の賜と信じてやみません。

祟り

S君が大学を卒業して一流会社に就職し、寮生活をしている時に原因不明の病気になりました。目が見えなくなったのです。私はそれを聞いて、よく観る易者の見上先生のところへ行きました。先生の判断は「この人の先祖に、人に恨まれるようなことをした人がいるので、その祟りでこうなった」と仰り、「おお、恐い恐い、もう見料もいらんいらん」とのことでした。それで思い当たることがありました。

S君の父親Aさんはその当時はもう亡くなってから十年近く経っていましたが、大正時代に高等工業学校を卒業した秀才でした。Aさんは一人っ子で兄弟がないため、十歳以上も年下の従弟のCさんを弟の様に可愛がっていました。このCさんは子供の時から体が弱く、大学時代に病気をした時には、Aさんの友達の医者に頼んで権威ある博士の執刀で手術をしたとのことです。

戦時中、S君の父Aさんは一流会社の重役でCさんもAさんの世話で同じ会社に勤めていました。昭和十九年頃からはだんだん戦争も熾烈になり、会社の仕事によっては出勤もままならぬ状態だったらしい。又、交通事情も悪く、郵便、電報の配達も平常ではなかったようです。この時、二人の間に何か行き違いがあったらしいのです。Aさんの家は閑静な郊外で、それまで雇っていた女中さんも居なくなり、体の弱い男の子のS君をもてあましていました。一方Cさんは結婚六年で子供も無く、大阪市内の端に居て身が軽いので、Aさんが色々とこき使ったらしい。Cさん夫婦は今までのご恩に報いようと努力をしたのに、Aさんのほうでは電報を打ったのに間に合わなかったとか、ハガキを出したのに来なかったとか、全然誠意がない恩知らずと思ったのでしょう。二十年二月になって解雇を言い渡し「体が弱いから田舎へ行ってのんびり暮らしたほうがよい」との言葉でした。

突然の解雇で途方に暮れたと思います。Cさん夫婦は二人共大阪育ちです。前途を悲観したCさんは決心しました。子供が無いので奥さんと離婚の手続きをして、首吊り自殺をしたのです。三十六歳でした。自殺をする時の気持はどんなに悲しかっただろうと思うと、私は今も書き乍ら涙が止まりません。

Aさんから見れば長年に亘って世話をしたのにその恩を忘れる様な者には思い知らせてやろう、と思ったのでしょうが、それは一時の感情のために冷静さを欠いた驕りの心から出たことだと思う。Aさんも世話をしている時は喜んで楽しんでしたと思う。決して見返りは期待していなかった筈です。でもこうなれば今までの善意は無となりました。これはAさんの大失敗です。

若しAさんがCさんの自殺を知った時に、「悪いことをした」と気が付いて心の底から後悔して謝っていたらよかったと思う。死んだ人が仏になったら人間の心が見えるらしいから、きっと恨む気持がうすれる筈です。Aさんの心次第で、C仏も恕《ゆる》す気になるでしょう、ひょっとすれば昔の恩に報いる為に護ってくれたかも知れない、と私は思う。

Cさんが亡くなって四か月後に郊外で空襲があり、Aさんの町の一軒に焼夷弾が落ちたので消火を手伝いに行っている間にAさんの家に焼夷弾が落ちて全焼したのです。百坪前後の一戸建ばかりの住宅街で、その町では焼夷弾が落ちたのは三軒で、その中の一軒がAさんの家で、これも祟りではないでしょうか。そして終戦後二年余りでAさんは結核で亡くなりました。

Cさんのもう一人の従兄になるMさんがCさんの自殺を知って駆け付けた時、哀れむのではなく「こんなみっともない死に方をして」と枕を蹴ったとのことですが、その一か月後、そのMさんの家は三月十四日の大阪市内の空襲で焼け出され女学生の長女は行方不明になり、家財道具も疎開の用意をして運搬が明日という日だったとかで、これも祟りではないでしょうか。

人は自分のことばかりでなく他人の身になって思いやる心が大切と思います。ところで自殺したCさんは、極楽往生出来たでしょうか。「人を呪わば穴二つ」という戒めの言葉があるように、恨んだ相手が穴にはまるだけでなく、自分もそれだけの苦しみの穴に落ち込むということだと思います。神仏は恨む心を戒められるでしょう、又、自殺行為も悪いと聞いています。天寿を全うしないのは神仏の御心に背くことになるので、こんな時は堪え忍ばなければいけないと思います。何も彼もお見通しの神仏が夫々に応じて対処してくれるのではないでしょうか。Cさんが神仏の存在に気付いていたらこんなことにはならなかったと思います。美しい心でいれば必ず助けて下さると私は思います。

神占い

よく観る神占いと聞いて行きました。昭和四十三年頃のことです。朝八時には締め切るというので七時頃に行くと、早、何人か順番をとっていました。始まる迄に私の隣の方が今まで観て頂いたことをお話してくれました。凄いお話でした。その方のお姑さんはお役所勤めをして、停年の時には女では珍しい上の役になっていた位の人ですから、七十歳になっても五十近い息子がオロオロする位の権力を持ち、お嫁さんは敷居の外の廊下から手をついて朝晩の御挨拶をする毎日だったが、或る時、何かの事で機嫌が悪くなり、息子一家四人に出て行けと命令が下り、思い余ってそのお嫁さんがここへ来たのでした。

そんなことを先生にお話しすると、護摩を焚いてお祓いすると仰って家までお越しになったのです。その時、涙など見せたこともないお姑さんが「私は今まで驕り高ぶっていました。悪うございました。お許し下さい」と泣きくずれ、しばらくは涙が止まらなかったそうです。それからはお姑さんがへりくだる程に優しくなり、平和で明るい家庭になったそうです。

八時に始まる迄に戸が開いたら皆一斉にお掃除が始まり、毎日馴れている様子でした。お掃除だけに来る人も沢山いて、その人達は信者さんでした。

先生は四十歳位の小柄な女の先生でした。誰でも着るような半袖のワンピースにサロンエプロン姿なので驚きました。祭神は三輪明神とのことで、神社で耳にする祝詞《のりと》とは一寸変った祝詞でした。

その先生が御自分の口から仰ったのは、娘の頃、肺結核に罹った時、命を助けてやるから神に仕えて人助けをせよとの神のお告げがあり、本当はイヤでしたがならされた、私は神様が仰る通りをお伝えするだけです、と、ざっくばらんなお方です。占いは皆が見ている所でするのです。年齢と性別を聞き、話の内容を聞き乍ら先生は毛筆を走らせます。それは字ではなく一センチメートル位の斜の線を半紙に綴り乍らお答えされるのです。一行の人もあれば二行とか二行半とかマチマチで、私達にはさっぱり判らないものです。待っている者は全員自分に言われている様に聞き入っていました。印象に残っているのは新婚のお嫁さんのお話です。御主人が突然帰らなくなり原因も分からないまま一週間になるとのこと、先生のお答えは、この人の兄弟で水死した人があってその霊に誘い出されてどこかで生きている。あなたがこれから私の教える通りを実行すれば、主人は若い女の人を見ればあんたの事を思い出し、家の灯を見れば自分の家を思い出すようになり、だんだん正気に戻って帰ってきます、という意味のことを仰いました。その途中、私の隣に居た中年の婦人が私に囁きました。「私はあのこの姉ですが、主人の弟のことです（どちらも兄弟姉妹夫婦）。主人の兄弟に水死した人がいるのです」と、見透かされたことに驚いていました。

私の番になって私は主人の年と相談の事柄を申しました。先生は暫く筆でサラサラと書かれていたが、開口一番、「御先祖さんがもっと温かいものを供えてほしいと仰ってます」とおっしゃられたのです。

夫は三男で私の家にはお仏壇がありません。本家には半間の立派な金のお仏壇があります。先生のその言葉を聞いて思い出したのです。その一年程前に夫の妹が、「本家の義姉さんはお仏飯を供えるのに、炊きたての最初にお仏飯をよそったまま、そこへ置いたまますぐに供えないで、皆と一緒に食事を済ませてからお供えに行く」と不満を漏らしたことを思い出したのです。茶の間から仏間まで二部屋離れているので時間が惜しかったのかも分かりません。先生の一言によって、この神占いは私のこともよく当たると思い、又、仏壇は形式的なものではなく実際に御先祖の霊がいらっしゃるのだと確信しました。

ところが夫のことは「この人は、誰の言うことも聴く人ではないので、あんたには可哀想だけどどうにも出来ません」と見放され、救われない運命だと嘆き乍ら帰りました。

護摩を焚いてまでして改心させたり、家出した人を帰りたくさせたり出来る神様が、どうにも出来ないと見放される程の夫だから、私に手に負えないのは当然です。

私が子供の頃に見聞きした話

当時、夜になると時々私の家へ来ていた四十歳台のYさんのことです。京都へ転居した伯父が大阪の家を処分するので、父と交渉する為に来ていた様です。ほんの一、二か月位の付き合いでしたが珍しい話だったので鮮明に覚えています。

父との話が済んだあと、母や私達にしてくれた話です。Yさんが十七、八歳の頃、若者達が何人かでお伊勢参りをした時、大変罪なことをして了い、それを反省して罪を償う為に滝に当たって行をしました。真剣に修行を重ねていくうちに何年かしてから霊感が閃くようになり、風呂敷に包んだ重箱の模様も見えるし、中の品物も見えるようになったのです。そしてしまいには、人の病気まで当てるようになったので、これを悪用したのです。或る医院の受付係になって、患者が来るとその人の病名を書いてそれを持たせて医者に渡せば、医者は患者に何も聞かずに病名を当てるものですから、よく診るお医者さんと評判になりどんどん繁昌したのですが、ある日突然霊感が無くなったのです。悪用した為に神仏に見放されたのです。それで反省して、又ずいぶん修行したが未だに元の様にはいかないとのことでした。

そして、○○家で護摩を焚くから来て下さいと母にすすめていたので、私も母について○○家へ行きました。そこには神棚らしきものがあり、その家の一族の方々が十数人控えていました。後で聞いたことですが、○○家の若い息子さんの病気快癒を祈願する為の行事らしいということでした。神棚の前にYさんが座るとすぐ始まりました。高く積まれた護摩木に火がつけられ、Yさんが何かを唱え出しました。火はどんどん燃えて天井に届く程になるので、私はハラハラして見ていました。Yさんが九字《くじ》を切ると火は下火になり、何度も何度も火が天井まで届きそうになり乍ら十分程してだんだんおさまってきた時、突然Yさんが胡坐の形のままポーンと一メートル位飛び上り、降りたら右を向いていました。又ポーンと飛び上り次は後向き、四回で一回りして元の形になりました。そしてそのあと○○家のお母さんらしい人が進み出て、Yさんに丁寧におじぎをして「ありがとうございます。どなたさんでいらっしゃいますか」と尋ねるとYさんは詰ったような声で「わしはドコドコのナニナニじゃ」と答え、そのあと私にはさっぱり分からない問答があって終りました（「ドコドコのナニナニ」とは何処かの山に住んでいる名のある巳さんかオイナリさんが神の使いで降りて来られたとのことらしい)。Yさんが正気に戻ったら、いつもの顔でニコニコして「ああ、足が痛い痛い」とさすって笑っていました。そして「どなたが降りて来はりましたか」と尋ねたりしていました。本人は全然覚えてないらしいのです。

母も私もこの様な体験は初めてなので興奮し、厚くお礼を申し上げておいとましました。その後Yさんには一度も会ってないが、Yさんによって、この世は人間社会だけの単純なものではないことを教えられ、そんな目を持つことで神仏の存在を信じる人間になったと思われます。

御先祖を祀る会

前にも書きましたが、夫は三男だから家に仏壇が無いのは当然だと思っていたので、お盆になると家族揃って夫の実家へ帰りました。そして半間もある大きく立派な金仏壇を拝み、近くのお墓にお花を供えることを形式的にしていただけのことでした。これは誰でもしていることなので、年中行事の一つとして参っていましたが、今にして思えば当時の私は、御先祖様が昔はおいでになったことは分かるが、仏壇に御魂が宿っているとは夢にも思っていなかったので、神占いの先生に「御先祖様がもっと温かい物を供えてほしいとおっしゃってますよ」とのことで初めて仏壇に御先祖様がいらっしゃることを認識しました。

この様に御先祖供養など全然無関心だった私でしたが、だんだんと変っていきました。これはハリ治療に来られたS夫人によって導かれたのです。私は元来社交性がなく話下手なのであまりしゃべらず専ら人の話を熱心に聴くほうです。話を聴いて反省したり、常識を養われたり、知識も巾広く習得出来て鍼灸師になったお陰と感謝しています。患者さんの中には「こんな話、誰にも言ったことないのに」と言った人が何人かありましたが、私には話し易く、口外しないと信用されてのことと喜んでいますが、又その反対に、とても感動する様な話を聞くと自分一人では勿体ないので忘れない中に次の患者さんにお話するとその人も又喜んでくれます。

私の人生に大きくかかわったS夫人のことですが、彼女は私より一つ年上で私の家から五百メートル程の所に住居がありました。よく肩を凝らして月に二、三回位ハリに見えていたが、最初の頃は愚痴ばかり言っていたがだんだんと愚痴も言わなくなり、しまいには「悪いことは皆、人のせいにしていたけれど、元は自分ですわ」とか、「迷った時は御先祖さんにお願いすれば教えてくれる」などと、話すことがだんだん変ってきたのでお尋ねすると、御先祖をお祀りして、御供養をする会に入っていられることが分かりました。それは、有り難い法華経を唱えるのだが創価学会ではないとのことでした。

創価学会は、その当時は日蓮上人を拝み、神社には神様など不在だから絶対に拝んではいけない、鳥居の中へは入らないようにと言われている会だと聞いていましたが、そうではなくて、この会は、御先祖様に有り難い法華経をお供えするので、御先祖様が御成仏されて悪因縁が消滅されるのです。それを久遠実成《くおんじつじょう》のお釈迦様にご加護をお願いするという会です、とのことでした。

私はそれまでに「色情の因縁は怖い」とか、「親の因果が子に報い」「××は七代祟る」「前世の因縁」など耳にしていましたから、子供や子孫に悪因縁が及ばない様にするのは私の責任だと思い、この悪因縁を消滅できるのはこれより外にないと決心して、昭和四十四年に入会させて頂きました。

この会は先祖供養の会だから、夫の先祖だけではなく私の先祖も供養するとのことで、とりあえず私の知っている限りの親兄弟などの資料をもって支部長さんのお宅へ伺いました。支部長夫人は夕方の忙しい時間帯にも拘らず両家の総戒名も、故人一人ひとりの戒名も墨書され、お性根入れのお経を唱えて私に渡されました。その間、僅かな時間にテキパキと処理されたのには感心しました。そして、丁度今日入荷したというコップ、香炉、線香、花立、経巻、数珠、ローソク、ローソク立、など必要なものは全て揃い「御先祖様が大変喜ばれていらっしゃいますよ」と言ってくれました。後で聞いたことですが、こんなにトントン拍子に捗るのは御先祖様が待っておられることだとのこと。支部長のお宅を出たら外はとっぷりと暮れていました。Sさんの外にもう一人来て頂いたので三人で夕食を済ませ電車で帰りました。お仏壇らしいものもないので座敷机に並べてお供養の仕方を教えて頂き、お経を上げて頂きました。

毎日上げるお経巻は、法華経から抜粋されたもので、それぞれ成仏、念願、因縁消滅、仏智を頂くなど、とても有り難いお経です。その日から早速、不思議な現象がありました。それは、お線香を立てると普通なら灰がポロポロ落ちるのに、私のはくるくると渦巻きになって灰が剥れないのです。お線香は七本立てて天神、地神、などそれぞれお呼び出しし乍ら立てるのですが、七本共全部が同じ状態になるのでお線香が湿っていると勝手な解釈をしていましたが、半月程過ぎた時に普通にポロポロ落ちるようになりました。後で聞いてびっくりしました。渦巻になるのは悪因縁のお報せで御先祖様が喜んでいらっしゃるのだとのことで、私のお経が御先祖様に届いていることが分かりました。又、時々お蝋燭の炎が高く上に伸びてゆらめく現象です。これも御先祖様のお喜びです。総戒名の左は夫、右は妻となっているのでお蝋燭も左右二本立てますが、ある時、右のお蝋燭ばかりどんどん炎《も》え立つので、これは蝋燭の芯が原因ではないかと疑問に思い、左右を取り替えて読経を続けると又、右に替えた蝋燭がどんどん炎が高く上り左に置いたのは全く静まってしまったので、はっきり私の先祖がお喜びになっていることが分かりました。ところで余談になりますが、四年前に亡夫の三回忌を寺院で営みましたが、その時お蝋燭が時々炎え上がったので院主様にそのことを申し上げましたら「皆さんが喜ばれるのでそんな蝋燭に作っているのですよ」とのことでしたので、お寺専用の蝋燭は関係のないことと分かりました。

又、ガラスコップに水道の水を入れてお供えしますが、細かい泡が付く時があるのです。朝夕二回取り替えるのですが、捨てる時には、「無縁法界、南無妙法蓮華経」と唱え無縁仏を供養します。無縁仏は誰にも祀られてない仏だからきっと喜ばれると思い、血族ばかりでなく他人に施すことは良い事だから実行しています。いつ、その泡が付くか分からないが、色々な付き方があって、多い時は表面から一センチ巾位ぐるっと、ぎっしり付いていて、とても数えられないが、そんなに多いのは滅多にありません。大抵は表面に一並べとかせいぜい三重位で、バラバラ散っている時もあれば泡粒の大きさも色々で、皆、御先祖様のお喜びのしるしです。

この会に入会したのは昭和四十四年で、毎日半時間から一時間位お経を上げていました。夫にもすすめたが最初は全然近寄らなかったのが、私が不思議な話をするので私の横に座るようになり、だんだんお経も上げるようになり、三年位過ぎた頃には「法華経」の勉強に四天王寺へ行き、有名な宗教学者の講義を受けるようになりました。

この頃は充実した毎日でした。それまではお墓の話など耳を貸そうとしなかった夫が買う気になってくれたり、男性会員の七面山参拝にも参加したり、とても積極的でした。又、知人に入会を勧めました。Tさんが入会した時のことですが、幹部の人にお性根を入れてもらった総戒名を二人で納めに行き、お経を上げ終った時に二つのコップに細かい泡が一・五センチの巾でぎっしり付いていたのには驚きました。後にも先にもこれ程沢山の泡は見たことはありません。きっとTさんの御先祖に真心が届いたことと、とても嬉しく思いました。

ところが昭和五十五年一月の或る日、私の家では初めて会員が寄り合う法座という行事が催されました。三十人近くお見えになり、その時夫が宗教学の先生から勉強したお話を三十分位したのです。夫は雄弁な人で選挙演説の時、候補者の前座をつとめる位ですから得意になって喋りました。それまでは支部長宅の法座は勿論、どの集まりでもこの様な話をする人がなかったので、終った時は皆一斉に「よいお話だった」と大満足をしてくれました。ところが数日経ってS夫人が見えて「支部長の奥さんがあんな話は本部のえらい人が言うことで、下々が話すことではないと言っている」とのことでした。それを聞いて夫は、そんなことを言われる様な会ならやめると怒って脱会したのです。私は支部長夫人の言葉には多少の疑問は残るが、S夫人も素直な方ですから今後の為を思って言ったことで、まさか怒ってやめるとは思わなかったでしょう。私は二人には悪いと思ったが夫についてやめました。

やめてもこの十年間で計り知れない程の仏知を頂き体験したことが身についているので、今まで通りの生活を続けることを誓い実行しました。この会のことは現在でも感謝して、毎日先祖供養は欠かしません。夫は四天王寺の勉強会で知り合った御住職に、真宗の法要式の経本を昭和五十七年（経本に夫が書いた）に頂き乍ら書棚に十年間そのままましまってあったのを、不思議にも夫が亡くなる半年程前からその中の仏説阿弥陀経も唱える様になり私も唱えました。矢張りこれは神仏のお指図を受けたと思われ、亡くなることは決まっていたのです。夫は二十五日間入院して、先生の体力をつけてから十一月十六日に手術する、との言葉を信じていました。信仰のお陰か、全然痛みはありませんでした。ガンとは知らないから腸の通りがよくなれば健康になれると思い込んで、何の心配もしていませんでした。最後の三日間は昏睡状態でした。そして十一月十日に痛みも苦しみもなく静かに息を引き取りました。

夫が亡くなって初めて浄土真宗のお仏壇を求め、近くの寺院から毎月九日にはお参りして頂いていますが、私は阿弥陀経を毎日お唱えしています。私はお釈迦様が広められた仏教だからどのお経を上げてもよいと信じ、今迄通り法華経の抜粋された箇所の外、般若心経も唱えて感謝し、また反省もし、また御守護をお願いしたり、充実した毎日を過ごさせて頂いています。

三宝荒神のお報せ

或る年の十月のことです。毎朝お水を替えている三宝荒神様のお榊がパラパラと落ちて葉が半分程になり、二、三日の間に残りの葉が全部落ちてしまったのです。まだ青々としていたのに古かったのかと思い新しく買って供えました。すると三日目位から又サラサラと落ちて二、三日で無くなってしまいました。

これには何か意味があるのではと、今度は神棚のお榊一対と荒神松と同時に新しく買って供えました。すると、神棚の一対の榊はどうもないのに、荒神松の榊だけが以前の様にサラサラと落ちました。そこで会の支部長にこのことを話しましたら、これは火難か盗難のお報せだから法華経の何番と何番をお唱えする様教えられて、その通りしました。そして何日か経った或る朝のことです。

私は毎朝起きるとすぐ庭を見回ることに決めていました。百坪の中建物は四十坪足らずですから前栽と裏庭で六十坪余りで、夜の間に変わったことはないかの点検です。変ったことがありました。それはジュースの空缶に捩った新聞紙を突っ込んであり、その新聞の片面の外側が焦げていました。道から投入されたのです。裏庭ですから落葉をかき集めて積んであったり枯枝ばかり寄せ集めたりしてあるので、火が付けば次々に燃え移り火事になるかもしれません。神様はこのことを十日も前から御存じだったということの不思議さ、そしてそのことを榊の葉を介して注意され難を未然に防ぐことが出来た有り難さ、唯々驚くばかりです。

この犯人は誰か私は推理しました。これは大人ではない。大人なら、火事を目的とするのなら、缶に灯油を入れたりもっと成功する方法はあると思う。子供なら思い当たることがあったのです。

私の家は割合広い路の四ツ角で、広い路であり乍ら車の通り抜けに不便なので殆ど車が通らない。それで子供達の格好の遊び場になっているのです。小学生、中学生がいつもボール投げをすると、逸れ球がうちの庭に入るのです。私が居る時は探して渡していたのですが、前栽には築山があって松など植木が多く、下草もあってボールを探すのも大変なんです。勢いのあるボールで枝が折れることもあり、無断で探しに入ってきて築山の百合の苗を踏みつけられ折られたこともありました。随分迷惑でしたが辛抱していたのです。ところが或る日曜日、息子の家に行って夜十一時過ぎに帰ってみると門が開いているのには驚きました。子供達がボールが入ったので塀を越えて入り、門の鍵をはずして出て行ってそのままになっていたのでしょう。無事を神仏に感謝しました。

その翌日、この事を三軒目の町会長に話をすると、親や先生に言うより警察に言ってあげます、と仰ってくれました。この話を隠れて聞いていた中学生二人が慌てて出て来て謝ったので町会長がボールを入れない様に、ボールが入っても取りに入らないことを言い渡し中学生も約束をしたのです。それからは勝手に入らなくなりましたが、ボールは掃除や植木の手入れの時に見つかるとダンボール箱に入れてためて置きました。それから一か月か二か月経ってからのこと郵便受に汚ない紙が入っていました。電柱に貼った広告の紙を破ってその裏に「お前のうちのものこんんみな死ぬ」と書いて、左の下に小さく「うそ」と書いてありました。このことで私は子供達のやりきれない気持がよく分かり、ウッ憤晴らしに投書したのがいじらしいとも思っていました。この投書から余り日が経ってないのですぐ気が付きました。火のついた空缶を投げ入れた人物です。その翌日は丁度日曜日で、又中学生が三人居たので呼んでダンボール箱のボールを出しました。約八十個あったので、

「このボールはあんた達のボールだから皆で仲よく分けて、軟らかいボールは小さい子にもあげて」と言って「私がボールを入れないでほしいのはなぜか知ってる?」と尋ねたら「はい、植木がいたむから」と即座に答えました。「もう入れないでね」と念を押しました。三人はボールの数があまりにも多いのでびっくりしたことと、思いがけないことで何度も何度もお礼を言い、それからは私の家の前では遊ばず一筋北の周囲が建物ばかりの空地で遊ぶようになりました。

この事で私は反省しました。投書を見た時点で、ボールを返すべきだったこと、若し投げ入れた火の為に火事がボヤであっても調べて犯人が分かるかもしれないし、分からないとしても一生罪の意識は消えないと思う。私が信仰していたお陰でお報せを頂き未然に防ぐことが出来て一人の罪人も出さずに終ったことを感謝し、神仏にお詫びとお礼のお経を幾日も唱えさせて頂きました。このお榊の葉は、この事があった後も同じ状態で、やっと十一月一日にお供えしてからは平常通りになりました。

思い上がりを神仏に戒められたこと

昭和四十八年三月に十六霊地の広いお墓を確保し、翌年凡ての御先祖を祀る五輪塔を建立してからは毎月必ず夫と二人でお墓参りをして、とても充実した年月が続きました。勿論、家の法座には毎日欠かさずお経を上げていました。二人で一緒に読経すると私は気が散って精神統一ができないので、なるべく一人で読経していました。何年か経つ中に夫は御先祖供養の読経から、だんだんお陰信仰の様に自分勝手なことに利用するようになりました。

私はその様子を見て快く思わなかったが、だんだんエスカレートする様子なので何か月か経ってとうとう夫に、機嫌を損ねない様におそるおそる軽く注意めいたことを言ったのです。すると、その翌日のこと、私の舌の動きがスムーズにいかなくなり、いつもの様に物が言えなくなりました。私はこれは神仏の戒めだとすぐ悟りました。その外には覚えがなくきっとこのことだと気がつきました。それで私はお詫びのお経を上げました。一週間の念願です。「佛説観普賢菩薩行法経」を時刻も夜十時と決めて行じました。夫も一緒にお経を上げてくれました。

これまででもそうでしたが、反省の時や念願の時は必ず行法経を上げるのです。約三十分かかります。夫には理由の分からないまま、徒事ではないので協力してくれたのです。普通は三十分位ですが舌が動きにくいので四十分はかかったと思います。私はお経を上げ乍ら、どうして悪いのかを考えました。私から見て夫は自分勝手なことをしていると思っているが、私も御法座の前で御先祖が成仏されるようにとか、家内安全無事息災とかを祈っていて、これも自分勝手なお願いをしているのではないかと思うようになりました。私が思い上がって人の信仰の邪魔をしたことが悪いのだと反省しました。

そして満願の七日目、行法経の半ば程にきた時、パッと舌が元に戻り、普通に言えるようになりました。夫もびっくりして喜んでくれました。信仰していなければ教えてもらえなかったので、とても感謝しています。神仏はちゃんと私の傍にいらっしゃることがよく分かりました。これ以外にも、読経の最中にふっと頭に浮かぶことがあって気付かせて頂くことも度々です。

インチキ宗教の仕組み

悪質な新興宗教は最初から計画的に宣伝して広めるのですが、その仕組みを知りました。

昭和三十年頃、家に五十歳位の男が来て、「この辺に誰々さんの家があると聞いて来たが、知らないか」と尋ねたので、知らないと返事をすると、そのあと、「ドコドコに不思議に何でも当てる人がいるのを御存じですか？　その人はいつも畑に出ている百姓なんだけど、不思議によく当たるので、困った事を相談に行く人がどんどん増えてるらしいですよ」と何げなく世間話の様にして出て行きました。ずっと後になって、そんな事に詳しい人から教わったのですが、それは宣伝員で、何人かの人が遠くまで行って毎日言い触らす役目だとのことです。

その場所は、郊外電車に乗り、其駅から十分以上も歩いて行く辺鄙な処で、私の家からは一時間はかかる場所です。たまたま私の知人もそのことを知っていると言うので、よほど有名なのだと思い、丁度色々と迷っていたことがあったので行ってみました。行って驚きました。大きな新しい建物で五十人以上の人が座っていて、前に七、八間もある大きな舞台がありました。そして先生が、その高い舞台から話をされました。六十歳位で風格があり、百姓らしい様子は微塵もありません。宣伝員がうまく騙したのです。とても話がうまくて、「電車の中で前に座っている人の横に狸がいるのが私には見えた」とか「病人について病院へ行った時、先生の診断よりも自分の方が当たっていた」とか、「家に不思議な現象が起きると言うので見に行ったら、自分の霊感通り押入れの中の古い箱の中から先祖の××が出て来たので、それを丁寧に祀ったら悪い現象がなくなった」とか皆、霊能力の宣伝に聞こえました。そのあと薄暗くなって、ミタマ（霊）が降りられると言われ、私には何も見えなかったのですが、あちらこちらで手を合わせてブツブツ何か言っている人がありました。これも後になって、あれは見えないのに見えたふりするサクラであることを教えてもらいました。

それから占ってもらえる日が何日か後にあったので行きました。多くの人が、住所、氏名、年齢を書いて三方《さんぽう》に載せたのを、先生が一枚宛名前を読み上げては仰るのですが、七、八人位済むと中断して「この間、こんなことがあった」とか言って不思議によく当てる話を挿しはさむので占いの紙は中々進みません。そして途中に舞台の横から老婦人と孫らしい青年が出て来た時、その人のことを説明して、「由緒のある方で、古い蔵の中にあった槍を御祓いしたらこの青年の命が助かり、こんなに健康になった」とのことでした。ずいぶんたってとうとう私の名前が読み上げられました。とても期待していると、「二度の縁が代々続くのはそういう因縁で今更どうしようもない」と、全く事実と違うのでがっかりしました。私の知る限りでは離婚した人や再婚した人は一人もないのですから、バカらしくなってすぐ帰りました。丁度私が立ったので一緒に帰った女性も、私と同じ様に全然当たってないとのことでした。あの老婦人と青年が出て来たのも今考えると演出だった様に思われます。

この事は、その後すっかり忘れていましたが、聞くところによると、今ではそこはその時の先生ではなく、霊験あらたかな神社の支社の様に祀られていて、本社が遠いから、近くて便利のよい其処へ参拝に行く人が多いそうです。霊能力がないので、うまく転換したものだと感心しました。

鍼灸の素晴らしさ

鍼灸との出合い

私は、鍼灸師になったことで、とても数知れないお陰を頂きました。最初、私は鍼灸師になりたくてなったのではなく、ならされたのです。どんどんなりたくなる様に導かれていきました。

まず源から話さねばなりません。それは終戦直後。昭和二十一年に疎開先から、以前住んでいた大阪市内に戻りました。家が見つかるまでとの条件で、知り合いのお寺が部屋を貸して下さったのです。そのお寺は由緒あるお寺で、十年前に庫裡を改築されたその二階、八畳六畳の二間を貸して下さったのです。知り合いといっても檀家でもなく、私が戦前にここの大師堂の活花教室に二年ばかり通った時、たまに院主様とお話しした位の間柄で、しかも子供が三人もいるのです。まだおしめもとれない満一歳の赤ん坊や、七歳の腕白盛りもいます。この二階は普段は使わず寺の行事の時に使うだけで、殆ど新築のままなのです。どうしても貸してもらえる筈もない私達に貸して下さったのは、神仏のお導きとしか考えられない不思議なことです。しかも二年後には二階だけでは不便だろうと、裏の離れの一軒も貸して下さったのです。借りていた人が出たからですが、有り難いことでした。

二十一年に二階をお借りしたのは四月ですが、その八月に鍼灸師の伊藤一郎（竜斎）先生が大師堂で塾をするのでと借りに来られたのです。大阪薬学専門学校を出られた伊藤先生は、戦前大阪市内で薬局と鍼灸院と夜の養成塾を経営していたのを空襲で焼け出され、三重県とかに疎開されていた方でした。その塾というのは鍼灸検定試験の為の五か月間短期養成の塾です。新聞広告を見て遠くから来る人もあって、いつも十五、六人の生徒がいました。

一回生は九月から一月まで、二回生は三月から七月まで、皆熱心に通っていました。この一年間、私は子供の守りや家事に追われて時々大師堂に置かれた黒板に前夜勉強された心臓の図などを見て、学生時代の生理衛生の授業を思い出したりした位で、自分も習いたいなどと一度も思ったことはなかったのです。が、不思議なことに、八月になって三回生募集の貼紙を見たトタン、急に居ても立ってもいられない気持になりました。我が家同然の近い場所で、三里のツボ位しか知らないのが、全身のツボが習えるし、病理学の知識があれば、子供が熱を出しても、今にも死ぬのではないか、とオロオロするような気の小さい自分が助かる。今習わねば損をする。どうして今迄気付かなかったのかと、居ても立っても居られない、と言う表現がピッタリでした。勿論、職業にする気は毛頭ありません。東洋医学の知識が欲しかったのでした。これは神仏のお導きによるものか、又、私の祖父まで代々医者だったので、その御先祖のお導きかとも考えられます。

九月から塾が始まり、昭和二十二年当時は一晩に一度は停電があり、石油ランプをつけて勉強しました。子供達は心細いので大きなバッテリーを提げて二階から降りて、大師堂の縁側で私の済むのを待っていた時もありました。先生の講義は急所急所を適切に指導され、書物にはない先生の臨床体験も随所に織り込まれるので必ず控えていました。毎日毎日がとても楽しく、子供達が寝た後、復習をしました。そして解剖学では、骨、筋肉、神経なども程度の高いものでとても興味があり、並行して経穴も最初から習い、或る日、厥陰心包経は九穴凡て心臓に良いと習い、私は心臓が弱いのでその中の郄門《ゲキモン》というツボにその夜、お灸を据えたのです。それが不思議にも実地試験に役立ち、このお陰で合格したのです。これも不思議なことです。前以て仕組まれた気がします。

そうして三か月後、突然マッカーサーの指令で鍼灸を廃止するとのこと。日本には歴とした西洋医学の医師がいるのに、野蛮な鍼灸なんかなくてもよいとのことの様でした。但し、現在勉強中の者に限り、これで最終という試験を十二月に行うとのことでした。さあ大変です。残っている中の重要なもの、試験に出そうなものを特急で時間を延長して勉強することに決まったのです。だから私は当然わけを言って断りました。その時伊藤先生が仰った言葉は未だに忘れません。「私は薬剤師の資格はあったが、疎開先では薬がないので何の役にも立たなかった。でも、ハリとモグサのお陰で村の人を救うことが出来たし、皆喜んで食べ物などくれるので結構に暮らすことが出来た。あなたは今はイランと思っているが、年をとったらまた役に立つかも分からん。荷物にならんから資格だけは取っておいたほうがよいと思う、もう二度とこんなチャンスは来ないから」と仰って頂きました。私は資格を取っても職業にはしないと思っていたが、熱心にすすめて下さる先生に悪いと思い受けることに決めました。後で考えると神の声だったのです。勿体ないことです。

試験は各府県で行われ日が違うので何か所も受けられる為、他の方は方々受けた様ですが、私は最初の大阪一か所だけにしました。大阪は一番むつかしいと聞いていました。試験の日は夫が休んで子供を見てくれて、私は天王寺区の試験場へ出掛けました。戦後初めて電車に乗り、大阪の焼け野原を初めて見て感無量でした。一次試験は筆記で、これはスムーズに通過しました。でも沢山の人は落ちました。第二次実地試験が難関です。私はハリがこわいので、教えて頂いて家でよく練習しておく様にと言われても一度もしたことはないのですから、ダメを覚悟でハリの道具一式を揃えて持って行きました。

試験が始まった時、廊下が混雑していたので約二十人位を教室に入れて暫く待つ様にとのことでした。すると皆一斉にハリ箱を出して何かやり出しました。私はびっくりして左隣の若い男性に「何してるんですか」と尋ねると、その人こそびっくりして「ハリ磨いてるんです。あんたのハリ見せてごらん」と言って私が渡した真さらのハリを磨いてくれました。そしてそれを自分の手の甲にスーッと刺して「これで大丈夫です」と渡してくれました。この教室には十分間も居なかったのですが、その後は終るまで座ることはなかったのです。考えると、教室で座ることがなかったら私は完全にダメだったのです。不思議なことです。隣の男性は菩薩としか思えません。ハリの実地はすぐ順番が来て私は男の先生の口答試問を受け、何とか答が出来ました。次に先生がシャツの腕をめくって「郄門」にハリをしなさいと言われ私は消毒して郄門にハリを打ちました。スーッと入りました。伊藤先生が見せてくれた様に雀啄《ジャクタク》をして抜きました。先生は「一寸響きが弱かったね」と仰って「八十五点」と傍の助手に言っているのが聞こえました。合格点です。生まれて初めてするハリを試験官の先生にするなんて前代未聞のことでしょう。肘から先には経穴が五十位あるのに私には一番印象の深い経穴だったことも幸いしました。何から何まで奇跡としか思えないことでした。

次は灸の試験でした。灸は口答試問とモグサを米粒大五壮並べると決まっているらしく、以前から聞いてはいても中々急には出来るものではありません。ダメを覚悟で臨みました。その先生の口答試問は一寸むつかしかったがどうにか答えられました。そしたら先生は「ハイよろしい」と言い、傍の助手に「八十五点」と言っていました。私は上気して急いで部屋を出ました。出てからモグサをしなかったことに気が付いたのです。先生が忘れてくれました。外の誰に聞いてもしたと言っていました。これもまた不思議なことで、神仏の御守護と深く深く感謝しました。そして目出たく鍼灸師の資格を取りました。

この真実の意味を深く考えると、これは徒事ではない。私には鍼灸で人を助ける使命があるのだと気付き、これまでの考えを一変しました。そしてドンドンその方向に進んでいきました。開業して人を助けるには相当の知識が必要です。出て行ってベテランの先生達に接して知識を吸収するには、家をあけなければならない。そこでうまく思いついたのです。五年前に父が亡くなり一人でいる母に来てもらうことです。母は六十五歳で和歌山県の山村にある実家の弟の家に身を寄せていましたので、喜んで来てくれました。

母が三月に来ました。そして梅雨頃から私の食慾がなくなり微熱が出るようになり、肺結核と診断されました。丁度その頃ストレプトマイシンが結核の特効薬として話題になっている時でした。医院にはまだなかったので夫が道修町の薬問屋から、一ケース五カプセル入りを一万五千円で買って医師に渡しました。一カプセルを二回に分けて注射するのですが、よく効くといわれるマイシンも私の体質に合わず、心臓はドキドキするし、熱が高くなるので三回打っただけでやめて従来通りの注射にしました。母のお陰で充分養生させて貰いました。

半年位は寝間住まいで何も食べたくなく、みかんなら咽を通るのでみかんを枕元に積み上げてみかんばかり食べていました。母は毎日お大師様に我が命と替えてほしいと願をかけたそうです。三歳になる孫を抱いて毎晩泣いたとのことを、後に治ってから聞いて母の愛の有り難いこと深いことに感銘しました。よくぞ母を呼んだものと不思議なことにも感謝し、これも神仏のお陰と思っています。その後は鍼灸院に通い完治したのですが、微熱は四年位とれませんでした。治った後も私には何一つ用事をさせず、唯運動のために買物にだけ行き、帰ったら疲れて暫く大の字になって寝ころんだことを覚えています。そして外出出来る様になると、私はいい気になって鍼灸の勉強に出て行きました。

鍼灸の成果

昭和二十三、四年当時、大阪府鍼灸師会は、とても熱心に鍼灸師の向上に力を入れていましたので、私は幸せでした。刀根山研究会と言って国立刀根山病院で毎月一回集まり、ベテランの幹部の先生方が「素問」「霊枢」など中国古書や日常の臨床体験など蘊蓄を傾けて講義され、渡辺院長先生からも講義を受けました。院長先生からは自律神経の大事なことを、何度も丁寧に教えて頂きました。自律神経は東洋医学のハリに深く関係があり、特に健康の鍵を握っている大切なものだと強調されたので、その知識を基に、私の鍼灸治療の効果が上げられたことに感謝していま す。毎年行われる夏季講習会は全国的で、他府県からも出席されます。講義は五日間もあり、講師は阪大の教授が殆どで、全国的に有名な東洋医学関係の先生方もお招きして高度の知識を頂きました。それまで全く無知だったハリ灸の素晴らしさに誇りを持つ様になり、手ほどきして下さった伊藤先生に感謝しました。開業後も治療学会が催されると、必ず出席しました。昭和四十年には東京で開催された第一回国際鍼灸学会にも出席し、ヨーロッパからは何十人とお見えになり、お会いしました。

昭和二十六年のことです。ヨーロッパでも三千人のハリ医師がいると知りました。それはドイツのシュミット博士が来日されたので分かったのです。主にドイツ、フランス、イタリアで、中国に駐在した領事官が中国のハリの効能を知り、帰国してそのことを医師に話し、医師が興味を持って中国へ勉強に行き、以来三千人まで増えているとのことで、ピカソがハリ治療を受けているポスターも見せてくれました。そして、この度シュミット博士が中国へ視察に行かれたのです。そして日本もハリをしているらしいとのことで一寸立ち寄ったのです。そこで日本のハリは細くて痛くはなく、ハリの種類も多く、多種多様の技術があることに興味を持たれ、一週間の予定だったのを三、四か月の滞在に変更されたとのことでした。私は、来られた時と帰られる時と二回の講演を聞きました。シュミット博士が話されたことで印象に残っていることは「中国のハリは太いので、痛さを我慢するのにピストルの様な器械に深さを装置して、ツボに打ち込むのです。その時、一、二の三の合図で打ち込む時に、患者は全身に力を入れて息を止めるのです」と笑い乍ら話され、私達も珍しいので大笑いしたことです。博士が帰国されてから日本を代表する柳屋先生がドイツへ招かれて難病をたちまちに完治され、大喝采を受けた話を聞いてとても誇りに思いました。

この様に開業する迄には、何年もかかって、自信がつくまで勉強しました。そして患者さんに施鍼する前に、高校生の長男の体にハリをして馴らしました。長男はとても積極的に協力してくれて、首や肩、腰など何処でも受けてとてもよい稽古台になってくれたお陰で、最初の患者さんにでも馴れた手つきで施鍼が出来ました。

鍼灸を開業したために、計り知れないお陰を頂きました。一番に挙げられるのは、やっぱり多くの人に接し、夫々の人から多くのことを学び、社交性のなかった私がだんだん普通に人付き合いが出来るようになったことでした。そして世間知らずだった私が世間を広く深く見ることが出来、自分を反省し、向上出来たことです。最初は職業にするなど夢にも思わず、寧ろ敬遠していた私だったのに、開業する気になり、而も一生の仕事にして頂き、お導き下さった神仏に深く感謝いたしております。

温灸

お灸はよく効くが、痕が残るし、熱いので、私は余り好ましく思えず、何かよい方法はないかと考えていた時、恩師・伊藤先生が温灸をされていることが分かり、見せて頂いて参考にしました。先生のはとても真似は出来ないので、自分に合ったものを作るのに試行錯誤の末、三年程かかって温灸の台になる物を作りました。当時は缶入りの粉末ニンニクがあったのでそれをグリセリンで練り、手描染に使うしぼり出し器具を使って経穴の上にしぼり出すというのが、私が三年かかって考えたアイデアでした。それを台にしてモグサを置くのです。その後、何年か経ってビニール袋が出来る様になったので、デパートにしか売っていない手描染専用の器具を使わずに、ビニール袋の隅に入れて適当な穴を開けて絞り出すことになり、ニンニクの粉末も売られなくなったので、生のニンニクをおろしてお味噌の様なものやメリケン粉、グリセリンなどと混ぜて作る様になりました。最初に出来た頃は、どこにもない温灸の台なので特許を取って大量生産すればよく売れるのではないかと思ったこともあったのですが、実行する才能もなかったのでそのままになってしまいました。ひょっとすると今からでも遅くはないのではないでしょうか。製薬会社の方、その気になって下さい。これをひとつ作っておくと、何時でも使えて大変便利です。色々、試してみて下さい。必ず効果があります。

灸博士の研究された書物には、灸には赤血球、白血球、血色素を増やし、或る物質が血液中に吸収されて抵抗力を高めると書かれてあり、又副作用もないため素人でも出来るので、人にすすめています。昔からお灸で治せば二度とその病気は出ないと言って、胃病や肝臓病を家で治したことをよく聞きました。東洋医学は体質を元から変えるのがよいところで、一時抑えではないのです。ただ、肺結核の様なデリケートな病気は素人はしないほうがよい。やり方によっては死期を早めることもあるからです。

このニンニク温灸で素人が治せるのは次の様なものがあります。

吹き出物や、傷口から菌が入った時など温灸をすると、早ければ化膿せずに引いてしまうか、化膿していればこじれずにドンドン化膿が早まり治ってしまう。又、麦粒腫（モノモライ、目ばちこ）の時は、右の目なら右の手の親指を曲げてその関節の真中に十壮位据えると、これも早ければ化膿せずに引くか、でなければドンドン早く化膿して短期で治る。又、円形脱毛症も抜けた所に五ミリか十ミリ間隔（大きさによって）で据えるとすぐ生えてくる。又、内出血のあと青紫色になった処へ適当な間隔で据えると早く色が取れる。その他、正しい経穴さえ分かれば慢性内臓疾患、神経痛、肩こりなどにも、副作用がないので安心です。

この温灸は熱くなればそれ以上しないというお灸です。個人差はありますが、そこは臨機応変です。又、病気にもよりますが、この温灸で患部を見付けることが出来るのです。私が独自に体得したものですが、例えば胃の六つ灸にお灸を据える時に、右の穴《ツボ》が早く熱くなれば、この人は胃が悪いと分かり、左の穴が熱くなるまで据えると胃が治り、反対に、右が中々熱くならない時は肝臓が悪いので、右が熱くなる迄据えると肝臓が治るのです（私は据える時は六つ灸だけでなく心兪穴にもしますが）。

これは分かり易く代表的に説明したのですが、これを参考にしてやれば腰でも足でも必要な穴を見付けることが出来ます。皮膚は身体の窓と言えるでしょう。皮膚が教えてくれるのです。私はこうして多くの患者さんに喜んでもらいました。

恩師伊藤先生の秘伝で「わきが」を治された話です。四、五十年位前までは「練《ねり》白粉《おしろい》」があったが、それは鉛が入っているので体に悪いと分かってからはなくなったのですが、その白粉がまだある頃に「わきが」の人の腋の下に練白粉をつけて暫く時間が経つと、汗腺が鉛の為に黒い点になるので、そこへお灸を据えて焼き切ると、すっかり悪臭が出なくなると教えて頂きましたが、これにヒントを得て練白粉の代りになるものを考えては如何でしょう。焼き切るのですから温灸ではなく直火かも知れません。

治験（一）

S夫人（四十五歳位）は変形性膝関節症でみえました。二年前から良いといわれる色々な治療をしたが中々治らないとのこと。そして片方は痛くて膝が曲がったまま伸びず、よい方の膝まで負担がかかって痛くなってきたとのことでした。私は、こじれているので長くかかると言ったら、どんなに長くかかってもよいから治して欲しいとのことで治療を始めました。私の治療は一回目から効き目がはっきり分かるので楽しみに通って来ました。月、水、金と週三回の治療です。毎日しないと治らないとか、一日でも休んだら叱られるという治療院もあるらしいが、一か月後の効果は比べて見ると毎日も隔日も余り変らなくて、要は患者さんの経済的負担が少ないほうが長続きするのです。だが、急性の場合など、私の判断で翌日も治療が必要なら定休日であってもその人のために治療をします。そのS夫人はどんどん痛みも楽になり、三週間目位からは週二回となり、様子を見ながら次には週一回となり、又二週間に一回というふうにして、最後は一か月あけても大丈夫となり、約一年で完治しました。その後、治ってからお友達と京都へお花見に行ったのでと、その帰途立ち寄ってお土産を頂いたこともあり、又、奈良など方々へ出掛けられる程すっかり治られました。

治験（二）

N夫人（五十五、六歳）も膝関節炎で一流の病院に通っていた時、よく電車でお会いしていました。その方は子供の同級生のお母さんでした。ある時、病院の先生が、これ以上治らないのであとは手術しかないと言われたとのこと。家には寝た切りで而も惚けた姑さんがいて、主人と三人暮らしのため、手術で入院するなどとても出来ないので、と言ってみえました。この方も手術する位悪化しているのですが、Sさんと同じ様なハリと灸をしてどんどんよくなり、Sさんよりも短期間で治りました。その途中で「昨日バスが来たので走ったら間に合った。膝は痛くなかった」と言った、驚きと喜びの顔が印象深く思い出されます。

治験（三）

胃癌の人の話です。港区で旅館を営まれているKさんが、奥さんに連れられて、二、三大きな病院で診て貰ったら、どの病院も胃潰瘍だから手術をすると言われたらしいのですが、Kさんは鍼灸で治すと言ってきたとのこと。鍼灸をする私の処までは電車を乗り継いで一時間近くかかる程遠いのに、わざわざ来るのにはわけがあったのです。このKさんは出身が山口県の宇部で、何年か前に墓参りか何かで故郷へ帰っている時病気に罹り、鍼灸治療をして治ったことがありました。その時の先生とは大阪で行われた夏季講習会に出席した折、丁度私の隣の席で五日間勉強したのが御縁となり、その後ずっと年賀状と暑中見舞だけですがお付き合いをさせていただいておりました。Kさんはその先生に「大阪ではこの先生を知っているからそこへ行きなさい」と私の住所と電話番号を教えてもらっていたとのことでした。それから暫くしてKさんの近所の女性（五十歳位の人）が胃潰瘍になり手術をすると医師に宣告され、とても嫌がって困っていることを聞いたKさんが私を紹介したのでした。その女性は弱り切って何も食べたくないし熱もあるといって老母に連れて来られたのです。私は全身のハリと灸をしました。その次の日、あまりの変化に私も驚きました。熱はすっかりなくなって御飯も美味しく食べられたと言って別人の様になっていました。これは精神的効果が大部分だったと思います。それから四、五回治療して完治しました。

そのことを知っているKさんは、私の治療で治ると期待して来られたのです。Kさんとは初対面で六十代後半位の方ですが、実はどの病院も診断は胃癌だったのですが本人には隠していたとの奥さんの話でした。二度目からは一人で来られたが、最初の頃は待合室では座って居れなくて横になって待つ程に弱っていましたが、日が経つにつれて元気になって顔つきも穏やかになり、話し声も大きくなり、食事も美味しくなってきたと喜ばれる程になりました。そして三か月位経った頃、病院から、放っておくと手遅れになるからと催促の連絡があったので、奥さんが連れて行きレントゲンを撮ったら、ガンが約五分の一になっていたと指で輪を作って大きさを見せてくれました。そしてKさんは、胃潰瘍がここまで治ったので、あとは別府温泉で湯治すると言って九州へ行ったとのことでした。ガンはハリ灸では治らないと決めつけずに、どんどん挑戦してみてはどうかと思います。その後、何の音信もなかったので忘れている時、三年位経った頃、Kさんのことを知っている外交員らしい若い男性が立ち寄って、Kさんはまだずっと別府温泉に行っていると教えてくれました。

四十年もの間にした鍼灸治療は数え切れない程で、内臓疾患、腰痛、神経痛、肩こり、蓄膿症、ゼンソク、歯痛、五十肩、顔面麻痺など、病気に罹ってから早い時期なら早く治り、古いのは治りにくいのです。蓄膿症で医師から手術をすすめられた娘さんがすっかり治ったり、高校生で、蓄膿のため鼻をかんでばかりで勉強に身が入らなくなったのを、蓄膿症が完治して国立大学にストレートで合格出来たとか、顔面神経麻痺で片目がベカコ（目かご、あかんべい）のようになり、別人のようになった人でも、殆ど分からない位にまで治りました。小児ゼンソクの坊やがどんどん治って、一キロもの道を走って、母親より先に着き、頬が真っ赤になっていた顔も思い出します。また、移転して来て間もない婦人が、胃ケイレンになり、近くの医者で治らないので以前に住んでいた時の医者にまで行ったが治らず、三日間痛みっぱなしだったのを近所の人が私の所へ連れて来ましたら、内臓自律神経叢に刺鍼して一本で痛みがとれました。

また肩こりは、胃、肺、心臓に関係する病気の前触れのこともあるので油断出来ません（よく凝らす人は、こじれないうちに、月に一、二回ハリをすればいつも快適です）。それから、何をするのも億劫で用事をするのがイヤになったという時はハリをすればウソの様に治ります。その他、めまい、頭重、のぼせ、だるさ、不眠などの不定愁訴にはハリが最適です。書けばキリがないので、これ位にしておきます。

私は最初から人助けのために鍼灸を開業したので、生活費は夫に任せ、私のはあくまでも内職ですから収入のことはどうでもよかったのです。ですから、専ら患者さん第一に考えていました。それで一般の鍼灸院とは営業のやり方が違いました。

昭和四十一年からは月、水、金の週三回で予約制にしました。当時、そんな所はどこにもありませんでした。何か月か先の予約でも出来ますし、又、治療日には患者さんの都合のよい時間、例えば一般の治療院が営業していないような時間帯でも予約出来るのです。それで朝七時からの人も、夜十時からの人もありました。平均一人四十分間ですが、予約制にする以前は、患者さんの待つ時間が無駄で勿体ないし、私も気が散って困っていたのが、予約にしてからは両方共、都合がよくなったのです。その当時は、歯医者さんでもまだ予約制ではなかった頃でした。

一日中治療に当てても、翌日は私の時間ですから、まとまって何でも出来るのです。新しい患者は紹介の人ばかりですし、治療代は規定の三割引位とはいっても鍼灸仲間には迷惑はかかりません。ところが或る日、消防士の方で、何をしても治らなかった腰痛が治り柔道も出来る様になったと喜んでおられたが、そのあとの「僕は腰痛でさんざん苦労してやっと先生に治してもらったのだから、やすやす人には教えません。簡単に治ったら有り難みが分かりません」「それに先生もお年やから、余り患者さんが増えると僕の時間が無くなったら困るから」との言葉に、思いもよらなかったので考えさせられました。その時、私は七十歳でしたが、「年やから」と言われて初めて気がつきました。自分ではうっかりしていたが三十五歳位の人から見ればもうよい年なんだと気づき、これを機会に患者さんが増えない様に、そして今までに私を頼ってくれた人を大切にする為に、新しい人はどなたの紹介でも断わると宣言したので、残りの七年間で少しずつ減ってゆき、お陰で私の体も楽になりました。そして四十年間、奉仕の精神を貫けたことに満足しています。

鍼灸治療で思うこと

昭和六十年頃に私が右肩関節を痛めたことがありました。自分でハリは出来ないし、最初は辛抱出来るので放っておいたのですが、だんだん痛みが増してきたので、一番親しい鍼灸院へ行きました。私のする様な鍼灸ではなかったせいか、三回通ったが治らず、どんどん疼く様になり、患者さんにするハリも持てなくなったので、予約を取り消して休みました。それで、昔、開業する前に刀根山病院で勉強した時、教えて頂いた先生の鍼灸院へ行きました。その先生は若い時から古典の書物などでよく研究されて、経験の浅い私達に熱心に指導して下さった方ですから、その後三十年の間に業界の最高幹部の地位についておられました。遠い所でしたがとても期待して行ったのですが、全然期待はずれでした。私が患者さんにする様なハリではなく、簡単でお座なりなハリだけをしてお灸もせず、そのあと助手に赤外線のようなものを十五分ばかり当てさせて、それでおしまいでした。

鍼灸師が電気治療器を併用する様になったのは昭和五十年頃からだったと思いま

す。それまでは鍼灸院の治療室はベッドと椅子だけの殺風景なものだったのが、世間一般の生活が豊かになってきたのに伴い治療室を飾る様になり、丁度電気治療器が患者さんへのサービスにもなるので、それがだんだん普及して今では当然の様になっているのでしょう。あんなに高度な知識や技術を持たれた先生なのに、とがっかりしました。これは特異な例で、大方の鍼灸師はこんなことではないと信じています。

そして私の肩関節はとうとう夜も疼いて寝られなくなったので、思い余って整形外科の医師で病院勤めをしている長男の処へ行きました。今まで私は患者さんから、ハリはすっかり治るがお医者さんの注射は一時抑えだとよく聞いていたが、一時抑えでもよいから楽になりたかったのでした。私が痛む所（雲門穴のあたり）を示すとすぐに注射の針を刺しました。するとアッと言う間に痛みが消えたのです。それは針を入れた瞬間、まだ液が入ってない時にスーッと軽くなり、次に液を注入している中にはもう疼かなくなりました。僅か五秒程の間です。私はとても驚いて何度もお礼を言ったのですが、息子はこれが当たり前であるような顔でした。どの患者にもこんな様にして治しているのだと分かり、立派になった息子に感動しました。

そして、その注射は一時抑えではなく、その後十五年間痛んだことはありません。患者さんの言っていた一時抑えというのは三十年前までのことで、以前は鍼灸師の程度が高かったということもあるのでしょう。それに反して西洋医学は現在の方が研究が進んで、医術が向上したからと思われます。

「治験（三）」の様に、胃癌でも鍼灸で五分の一になったことが証明されました。もっと続けると完治したと考えられます。そのガンと同じ様に難病と言われているリウマチも、鍼灸で治るのです。二十年位前に、六十過ぎの社長さんがリウマチで来られました。その方のお宅は遠いのですが、私の近くに住む娘さんの紹介で見えました。九年前にリウマチになりずっと有名病院に通っていたが、遠いので先生に紹介してもらい近くの個人病院へ替ったが、薬がきついので痛みが増したとのことでした。患部は膝関節です。

私のリウマチの治療は、たとえ痛みは膝であっても、リウマチは全身の病気であるから、先ず全身の要穴に軽いハリをしてから膝にとりかかるのですが、もちろん腰から丁寧にするのです。そして、膝を直角に立てて二つの膝眼穴に刺入します。骨に当たらない様に、細いハリを水平に、静かに、深く刺入します。これは少し技術が必要です。その他関節の周囲の要穴と足の三里にハリをして、そのあとに熱くない温灸を据えるのです。人により違いがあるので症状をよく聞いて、無理のないハリと灸をするのです。

最初の日からとてもよくなったと喜ばれ「九年前に来ていたら」と残念がっていました。最初の頃は週三回だったが、どんどん良くなって週二回、週一回と治療の間隔をあけました。その途中、九州の工場へ行って来たと聞き、その時初めて九州にも工場を持っている程大きな会社だと分かりました。そうして三か月程で治ってしまいました。私はこの人に、母のリウマチが治った話をして、因縁も関係あるかも分からないからお墓参りをするようすすめたら、遠い奈良県まで何度か行かれたことがありました。その後二年位経って娘さんが治療に来られた時、「父はお陰様ですっかり良くなり、大阪と九州を行ったり来たり。元気に飛び回っています」とのことでした。

リウマチという病気は、いまだに原因が分からないらしく、細菌説とかウイルス説とかいわれたことがあったのですがはっきりしません。ただ、免疫の仕組みが異常であることには間違いないらしい。だから九年間薬を服用しても治らなかったのが、鍼灸で治ったのですから、鍼灸の威力は大変なものです。併し、リウマチでも重症の人には御縁がないので知らないが、鍼灸でも治らないと聞いています。私の母が娘の時、二年間も全身の関節が硬直して動かなくなった程に重症だったのを、お大師様に治して頂いた話を読んで頂けば分かる様に、軽いのと重症とでは原因が違うのではないかと思います。因縁と言えばよいのか、兎に角、現実の世界のことではない様に思えるのです。そんな重症の人は、御先祖供養を充分にするとか、霊能力のある方にお願いして、霊に係わる原因を取り除いて頂けばよいのではないかと思います。免疫とか抵抗力には関係がないのではないでしょうか。この考え方は私の偏見と、科学される人達には一笑に付されるでしょうけれども。

お灸は特に白血球などを増して免疫力を高めるので、エイズにも効果があるのではないかと思い、今後、又新しい病気が出てきた時には、薬ばかりに頼らずに、お灸を見直して研究すれば、道が開けるのではないかとも思っています。

「病と寿命とは別」というのはよく聞く言葉ですが、それはその通りだと思います。人には夫々に宿命、寿命があって、それにはどうにも抗し切れないのです。医師の誤診だとか、医療ミスだとか言って人のせいにして恨むことは、愚の骨頂だと思います。死ぬ運命の患者に係わった関係者こそ、巻き込まれる弱い運勢の時であったことに、私は同情します。

最近はアメリカをはじめ、世界の国々が鍼灸を研究する様になりました。お株を奪われない様に、日本も鍼灸を見直して、医療制度を改革してほしいと切に望みます。

私は難しい中国医学は全く知らずに専ら解剖学、生理学、病理学、経穴学など勉強したものを基礎に鍼灸治療をしたのですが、経験を積む中に私独自の技術を身に付けて、多くの患者さんに満足して頂いたことが、一生を通じて最大の喜びとなりました。

幻を追いて

父

父・政友は、織田信長に滅ぼされた浅井長政の父・久政とは従弟の間柄である小三郎長時の末裔で（この系図、由緒書きは別に保存）、政友の父・良哉《リョウサイ》までは代々漢方医（和歌山市内）だったが、政友が生まれた年に良哉が亡くなりました。政友は三人兄弟の末弟で後に他家へ子供養子となり姓が変りました。政友の父・良哉は婿養子で、母・古琴《コキン》は浅井の娘でしたので一通りの学問は修めたらしく、三人の兄弟は母・古琴の教育を受け、学問に励んだらしかったようです。私の兄が大学の頃、父が育った家へ行ったことがあり（留守番人が管理していた）、その時の様子を私に話したのには、父が勉強した幾種類もの古文、漢文、偉人伝など書庫に詰まっていたし、又土蔵の長持の様な箱に習字の反故が、紙の色が変って沢山あったとのことでした。兄弟三人共達筆だったが、特に父は役所の方々に筆跡が残っているのを兄が確認したとのこと。父の話では、私の名前は古事記（フルコトブミ）からつけたとのことです。それは大正四年十一月生まれで、丁度御即位の御大典があり日本中が提灯行列でお祝いした記念の子供なので記子（フミコ）とつけたらしいが、誰もフミコと読まずにノリコと読むので、あまりうれしい名前ではありませんでした。一時期ノリコとかえたいと思ったこともあったのですが、就職してから年一度の健康診断が大阪府衛生試験所であった時、一人の医師が私の名前を見て、「お父さんは国学者か、漢学者か」と言ってくれたので嬉しくなり、それからは自信をもってフミコと言えるようになり、父に感謝するようになりました。

父は、山育ちなので、狩猟や魚釣りが趣味でした。それゆえ大阪府書記を定年退職後は待っていましたとばかり海山に近い紀伊田辺に隠居して、猟犬を連れて鉄砲かついで山へ行ったらしい。三人兄弟が仲が良くて兄二人が京都、大阪から隠居して一足先に田辺へ来ていたので父も来たとのことでした。狩猟は父だけでしたが釣りは三人共通の趣味で、寄ると釣りの話題でした。

父は長年大阪府でお世話になったというので、お礼の意味で紀州の山奥にしか生存しないという珍しい大鰻を天王寺動物園に寄贈したとのことです。隠居してから父は鰻瓢翁《マンピョウオウ》と号し、笠にも書いていました。当時の定年は五十五歳でしたが、それから数年後、足元が危うくなり、僅かな期間の愉しみだったと思われるのに、きっぱり猟も釣りもやめたのです。その時、お寺へ行き罪滅ぼしの為に、鳥獣魚の施餓鬼供養をしたと聞き、チャンとけじめをつける人だと感心しました。お寺でもこんな人は今までに誰もいなかったと敬服したとのことです。これは私達子孫へ悪因縁を残さないとの思いやりであると思い、よい先祖をもって幸せであることに感謝しました。

私は男兄弟三人と女一人の子供だったので、父は特に私を可愛がり、方々へ連れて行ってくれました。父に買って貰ったので思い出すのは、小学校から志願者百五十人で僅か十二人が合格した時、「お祝いにほしいものは何か」と言われ詩集がほしいと言ったら早速、西条八十の『少年詩集』を買ってくれました。うれしくて何度も何度も読んだことを思い出します。その詩集は表紙の浮き出た模様が小豆色で、下地は金色の上品な布製の小型ですが、今でも本箱に立っています。開いてみると、その中の「川辺で」と「草鞋を捨てて」に私の作曲したその譜も書き入れたままになって残っています。作曲の勉強などしたことがないのに思いついたまま作ったのです。それを音楽の先生に見て頂いたら、アクセントが関西弁になっていると言われ、初めてそんなこと迄考えなければならないのかと分かり、子供だから作り変える能力もなく、そのままのが残っているのがなつかしいです。昭和四年八月と書いてありました。

父が早くから考えていたことは、子供達には親に頼らず生活出来るだけの教育をつけさせることと、自分は軍人、官吏の二つの恩給で老後の生活が出来るので子供の世話にはならないことでした。父はその信念を実行しました。戦後は国民年金等のお陰で老後の心配は無くなったが、その当時、子供は一人前になれば親を養い、親の死に水をとるのが当然の時代でした。私の子供の頃は女には教育は必要ないという庶民の考えだったらしいが、私には、若し夫に先立たれても立派に子供を育てられる様にと師範学校を選んでくれました。私は勤めたのは四年だけだったが、師範教育を受けた恩恵は物凄く大きいと、ことある毎に感謝しています。この父は六十四歳でこの世を去りましたが、今思えば若い歳でした。

母

明治十六年生れの母・まつゑは、紀州栗栖川の庄屋の娘でした。私が子供の頃、母から聞いた話では、大飢饉が何年も続いたことがあった時、毎日炊き出しをして困っている人を助けたとのことでした。私が計らずも昭和五十年頃だったか母の実家、叔父の家に泊った時、先祖が飢饉の時助けて貰ったお礼、といって何かを持って来た人があった。外にもまだ何人かあるとのことでお伽話のような本当の話だと驚いたことがあった。

母が子供の頃は、夜は村の人が、ランプの下で父が読む講談本を聞きに来るので、母も一緒に聞いたとのことです。長年に亘ってのことで、同じ物語を何度も聞いているからか、私が一番感心したことは、忠臣蔵の四十七士全部の名前は勿論、それぞれの性格や行動を鮮明に覚えていて私によく話してくれたし、又、西行法師が一夜の宿を借りた時「月々に月見る月は云々」の話で胸のすくような思いも味わいました。さらに、石童丸が高野山の父を探すために、女人禁制で母を麓に残し一人で登り苦労してめぐり合っているが、父は知らぬふりをする可愛そうな話や、浄瑠璃の『菅原伝授手習鑑』も所々は「倅はお役に立ったぞよォ」と節をつけて話してくれた。そして母が少女の頃、山道で人が居ないと思って大きな声で浄瑠璃を真似ていた時、丁度兄が通りかかって「女だてらにみっともない」と叱られたことも話してくれた。又、こんな話もしてくれた。ある人が和歌の先生に教えをこうて最初できたのが短かったので先生がもっと長くと注意されて、次に出来た歌は「牛の尾に鰻喰いつき蛇ぶらりそれで足らねば軆を足すなり」と作ったとサ、と笑い話になったが、思えば私はその頃から短歌形式を知らず知らずのうちに習得していたことになる。小学校五年からは受験勉強であまりゆっくり母と話をしなかったから、こんな話は皆四年生位までの思い出話である。

母の父は新しいことに興味を持つ人で、さくらんぼの苗木を取り寄せて植えたり、落花生の種を取り寄せて沢山出来たが、今まで見たことも食べたこともないので大豆の様に煮て食べたら、余り美味しくなかったし、お腹もこわしたので、母はそれ以来落花生は見るのもイヤだと言っていた。又、父は晩酌をたしなむ人なので母は子供の時から酒の肴を食べ馴れて好んでいたせいか、私達子供にもすずこ（イクラ)、塩辛、酒盗、うるかを食べさせられたので家族中が大好きになっていました。私が小学生の頃、トマトが初めて市場に出た時、誰もが青臭いと言って食べなかったから、これは体によく滋養になるからと言ってお砂糖をかけて無理に食べさせ、とうとう臭みに馴れてそのままでも食べるようになり、又お塩をつけるほうがよいなどと家中の者が好む様になったのは母の努力の賜と思っています。

母は何をしても器用な人でした。娘の頃に織ったという着物を見たことがあるが、とても複雑な織りで美しいものだったことを覚えています。縫物もとても上手でしたが、大正末頃にはミシンもかけて、私の服も作ってくれた。その当時は大阪市内でもまだ着物の子供もいたのに、今思うと素晴らしい母だった。特に洋裁を習ったとは思えないので、多分見様見真似で作ったのでしょう。切り替えも入れてギャザーも適当に使い、今思い出しても斬新なデザインだったと思う位のものでした。

終戦直後、母が六十五歳の時、私達一家五人の所へ紀州から来てくれました。丁度その年からそれまで達者だった私が病気になり、達者な母が私を助けてくれました。病人の私の慰みにと夫がカナリヤを一番《つがい》買ってくれて美しい声を愉しんでいました。特に雄はスタイルもよく鳴く時の姿勢はとりわけ美しいものでした。片道

郵便はがき

恐縮ですが
切手を貼っ
てお出しく
ださい

160-0022

東京都新宿区
新宿1－10－1
(株) 文芸社
ご愛読者カード係行

書　名			
お買上 書店名	都道 府県　　市区 郡　　書店		
ふりがな お名前		明治 大正 昭和　　年生　　歳	
ふりがな ご住所	□□□-□□□□	性別 男・女	
お電話 番　号	(書籍ご注文の際に必要です)	ご職業	

お買い求めの動機
1．書店店頭で見て　2．小社の目録を見て　3．人にすすめられて
4．新聞広告、雑誌記事、書評を見て(新聞、雑誌名　　　)

上の質問に1.と答えられた方の直接的な動機
1.タイトル　2.著者　3.目次　4.カバーデザイン　5.帯　6.その他(　　　)

ご購読新聞　　新聞	ご購読雑誌

文芸社の本をお買い求めいただき誠にありがとうございます。
この愛読者カードは今後の小社出版の企画およびイベント等の資料として役立たせていただきます。

本書についてのご意見、ご感想をお聞かせください。 ① 内容について
② カバー、タイトルについて
今後、とりあげてほしいテーマを掲げてください。
最近読んでおもしろかった本と、その理由をお聞かせください。
ご自分の研究成果やお考えを出版してみたいというお気持ちはありますか。 ある　　ない　　内容・テーマ（　　　　）
「ある」場合、小社から出版のご案内を希望されますか。 する　　しない

ご協力ありがとうございました。

〈ブックサービスのご案内〉

小社では、書籍の直接販売を料金着払いの宅急便サービスにて承っております。ご購入希望がございましたら下の欄に書名と冊数をお書きの上ご返送ください。（送料１回380円）

ご注文書名	冊数	ご注文書名	冊数
	冊		冊
	冊		冊

十五分歩いて餌を買いに行くのが丁度よい運動でした。しばらくしてカナリヤは三個の卵を産みました。生れたばかりのヒナは頭中、目ばかりのようで初めて見る私にはとても驚きでした。ところが、ヒナが孵っても親鳥は餌をやらないのです。時々そんなのがあるらしく、私がヒナに餌をやりました。ゆで卵をつぶして開いた口に入れましたが、ヒナはどんどん大きくなり、羽が生えて自分で餌を食べる様になったので別の鳥篭に入れました。親鳥は木箱で前面だけ網戸の本式のカナリヤの箱でしたが、ヒナの篭はどこでもよく見掛ける鳥篭で、応接間の出窓に置きました。毎日五羽になったカナリヤの世話をするのが私の日課でした。が、或る晩、十時過ぎた頃、大人は茶の間で話をしている時、応接間のほうでギャーと変な大きい声が聞こえてきたので私がとんで行って見ると、ヒナの鳥篭の中に蛇が入って、一羽を呑み込んだ形にふくれていて、二羽のヒナは天井に逆さに止まって胸を大きくはずませて恐れていました。私は母を呼びました。夫は以前から異常な程、蛇を嫌っていたから母だけを呼びました。私も蛇は嫌いだがそうは言っていられない、母を頼りに相談して、先ずヒナを救うのに底と上をはずしました。すると蛇は丸出しでじっとしています。私は蛇の入った底を持って外へ放しに行ったのですが、その前に母が蛇に引導を渡しました。「今日は許してやるが、今度は承知せんぞよ」といつもと違う怖い声で言いました。きっと蛇には堪えたと思います。私にも堪えました。その時、母のえらさがよく分かりました。私は蛇を載せて畦道のような道を三十メートル位走った所で、蛇はスルリと下りたのです。蛇はきっと、助けてくれて有り難うと感謝しているに違いないと感じました。その後親カナリヤは次々と卵を産み、私が餌の世話をして増えてゆき、親鳥と同じ木箱を注文して、しまいには七箱位、出窓に並べました。当時、或るデパートでカナリヤの品評会があって三回位参加したことがあり、賞状を貰いました。

私は数年後には健康を取り戻しました。母のお陰で充分な養生が出来たからでした。母が来てくれた時三歳だった末子が高校三年になった夏の頃でした。母が暫く紀州の実家（母の弟の家）に帰っていた時に、近くのお地蔵さんのお顔が醜く欠けているのを見て、そのお地蔵さんに、孫が京都大学に合格出来たら新しく刻ませて頂きます、と願をかけたと、大阪へ戻った時その話をしてくれました。翌年三月、目出度く合格が分かった時、母は得々として末子を連れて紀州までお礼参りに行き、石屋にお地蔵さんを頼んで帰ってきました。その時母は八十一歳でしたが、可愛い孫を思う一念には涙が出る程です。お地蔵さんが出来上がった時、臨済宗の寺の住職がお性根入れの儀式をして下さり、その時の写真と共に、住職の筆になる立派な掛け軸を送って下さいました。一間の床の間にぴったりの大きい掛け軸でした。その掛け軸には凄い達筆で「南無地蔵尊」と中心に太字で書かれ、その両側には私には難しいが漢文でいきさつが書かれてありました。この住職も、きっと母の善意に深く感銘され、真心こめて書いて下さったものと、私はどちらにも感動しました。先日、大阪からその地に移住した人に電話した時、そのお地蔵さんに勉強がよくできるように、と拝んでいるらしいと聞きました。その掛け軸は今、埼玉に居る末子の家に大切に家宝として保管されています。

母はリウマチが完治してからはとても達者になり、私には真似の出来ない程マメによく働く人でした。時々、足がだるい時は足の三里にお灸を据えたり、一寸した時は富山の置き薬を飲んだりして一度も医者にかかったことはありませんでした。きっと百までも生きる人だと思っていましたが、七十七歳の時、床について起きられなくなったことがあり、皆が心配した時に母は、熱もないからそのうちに治ると言って医者に診てもらいませんでした。それで私がよく当たる三輪明神の神占いの所へ行きました。すると母のことを大変褒められて、この方は優しくて情け深く賢い方です。よいお徳をもっていらっしゃいます。あんたが人から良く思われるのも、人に慕われるのも、皆お母さんのお陰です。あんたはお母さんの人徳によって幸せなんですよと仰って、これは病気ではありません、暫く体を休めていれば治ります。八十過ぎまでは大丈夫、心配はいりませんと云われました。私にすれば百まではと信じていたので聞き返すと、余り長生きしても幸せとは限りませんからね、と慰めてくれました。私はその時、母の有り難さがジーンと身に沁みたのと、八十余年の寿命のことで、思わず泣きました。他の人が見ているのに涙が止まらず、子供の様に泣きました。そして、この方は食べる物が少ないから治るまでご飯を供える様にと、人形に切ったお札を下さいました。帰ってその通りしますと、三日程で回復し、それまでの様によく動けるようになりました。考えてみると、母が床についたことによって私が神占いの結構なお話を聞くことが出来たのは、神のお導きであると深く感謝しました。病気でもないのに母が起きられなくなるとは不思議なことですから。

私が昔、娘の頃、友達と易者に見てもらった時に、私は、先祖と両親と両方の陰徳を受けていると言われました。先祖の陰徳の人はよくあるが、両方の陰徳を受ける人はめったにないと言われたことを思い出しました。有り難いことと感謝しています。その母は、神占いの通り、八十四歳でこの世を去りました。

夫

信長、秀吉、家康の伝記にはみな夫々常人にはない特殊な天性が記され、それが丁度戦乱の時代の武士として成功したし、又、有名な芸術家には概ね特異な性格が見られ、後世に名を残している。夫も平凡ではないので、何かで成功するのではないかと、結婚当初はとても期待していました。

先ず、旧制中学の成績は良かった。卒業して社会に出て何年も経つのに、物理の何とかの定理とか法則とかをスラスラ言ったり、文科は苦手と言い乍らも漢文の名文とか格言などスラスラ言えるのは一夜漬けで学期試験を通過したのではなく、授業中に質問するのはいつも僕一人だったと言っていた程、真面目に勉強していたからと思う。結婚した年の四月に末弟が同じ府立中学に入学したが、親の言いつけで何かを運んで来た時、「数学の時間に先生が兄さんの答案を見せて、こんなきれいな答案を書く人がいると褒めて、僕に、兄さんのようにしっかり勉強せーよと言われた」と話した。それは当然のことで、几帳面な夫は横書きする時には左手に定規を持って、片仮名など横一の線は皆定規を使うのです。それは書き馴れているので、普通に書くのと同じ速さで書くのです。こんな人は、アトにもサキにも見たことはありません。

小さい時から学校の先生になりたくて師範の二部に行ったのですが、物理の先生からは東京の物理学校をすすめられたとのことでした。学科はよく出来たのに、教練はいつも丙だった。教練と言っても今の人には何の事か分からないでしょう。戦前は中学生になると陸軍大佐位の偉い軍人が教官になって軍事訓練をするのです。入学して間もない時、初めて鉄砲のようなものを担いで行進した時、夫は背が高いので一番後ろだった。先生に見えないと思い、おどけてお尻を突き出して行進したのが見付かって大目玉を喰らったとのこと、夫のやりそうなことです。それ以来、いくら真面目にやっても、五年間ずっと丙だったとのことでした。近頃の芸能人でおどけた格好をする人を見ると、夫の若い時にしたのと同じのもあって、当時を思い出します。又、変った言葉を作りました。長男をマーチャンと呼んでいた時、「コレ、マーチャン」と呼び、それをつづめて「コマー」と呼んだし、次男キヨシを「コーシ」と言い、よく分かるを「ワカリル」と言ったり、もう忘れてしまったが、次々と変った言葉を作りました。芯はネアカなのでしょう。
とても根気のよい人で、よく働き、疲れを知らぬ人です。結婚当時は教員の月給は五十円だったのに、家庭教師を三軒持っていたので余分の収入が七十円もあり、その後も師範の先生の紹介で次々と家庭教師の口が増え、多い時は七軒もありました。だから帰宅は殆ど最終電車でした。

還暦過ぎの父が無職なので、毎月五十円宛渡していました。転任した学校の同僚が保険の代理店をしているというので生命保険の加入を頼まれたら、その頃は一般に千円か二千円が相場なのに一万円も契約し、ついでに私の分も同じ様にし、もう一人の同僚にも頼まれてまた一万円で合計三万円、掛け金は月掛けではなく年掛けで、一万円なら二百四十円、三万円だからその三倍、少しは割引いてくれたでしょうが、十三年から終戦近くまで掛けていました。しかし敗戦のため、一銭も返ってきませんでした。又、長男が生れた時、退院するのを待っていて近くの保険会社が徴兵保険をすすめました。二十歳の徴兵の時に千円受取る契約です。毎月掛けるのは面倒だからと二十年一括払いにして、これも一銭も戻りませんでした。それ以来、夫は保険嫌いになりました。

義父は雄弁家で人望もあったので後援する人があって、大正の終り頃、府会議員選挙に立候補したらしく、家を抵当に六百万円借りたが、落選したのでそのままになっていたのを夫がすっかり返済した。戦前は家屋敷は長男が継ぐ事になっていたので、義父が横浜の会社に勤めている長兄の処へ行き、三男の夫の名義にすることを決めて来たのでした。ところが敗戦の色が濃くなって来た時、横浜の義兄が心細くなり、生れ育った大阪へ引き揚げて来ました。そして終戦になり、その三年後に義父が急死したので、義兄一家が義母と一緒に住むことになり、その後何年か経った時に、義母から長兄に見て貰うので家を義兄に譲ってほしいと頼まれ、夫は何の見返りもなく義兄に譲ったのです。大阪の近郊で百五十坪程の家屋敷なのに何の未練もなくさっぱり渡したのに感心しました。税務署から電話が来て丁度私が出て、経緯を詳しく話したのでどちらにも税金がかからずに済みました。

夫は親譲りの雄弁家だったので、選挙の応援演説に十回以上は頼まれて行きました。町の辻で、夫の演説で人集めをして、次に候補者が立つのです。彼は人が多ければ多い程調子が出ると言っていました。しかし、私はその演説は聞いたことがなく、子供の学校の父兄が偶然彼の演説を聞いて、あんまり上手なので次の処までついて行って聞いたと私に教えてくれたので、本当だと思います。戦後最初の参議院選挙の時、初めて立候補して当選し、その後有名になった某社長さんも、選挙の時は夫を頼りに、奥様と御子息様も一緒に来られて、私もお会いしました。府会、市会の議員や、衛星都市の市長、市会議員など、全部当選しました。特に、四年毎に応援に行く府議とは普段でも往き来していました。そんな特技を持っていたのに、いつの間にか全然行かなくなりましたが、そのわけは聞いたこともなく、私にも思い当たりません。

何事につけても普通一般の人と違うので、詳しく知らない人には結果だけを見て色々憶測して悪く受け取られ、全然弁解しないので、一生の中には数えられない程に誤解されて損をしています。困った事が出来て人が頼ってくると誰もが思いつかない様なことをして助けるので、悪く取る人は、何か得な事があるからするのだと言う人もありました。何事をするにも思いついたことをすぐ実行することは一生続き、私はいつも後日に聞かされ驚いてばかりいました。良い事をしていても報われることは殆どなく、損な人です。でも、こんなのを陰徳と言うのではないでしょうか。神様だけは凡て御存じなので、子孫に陰徳を残していると私は感謝しています。

悪因縁を残されたら困ります。

夫は人の言葉を真に受け取り、全く人を疑わないのです。これは美しい心の現われかも知れないが、世間には言葉巧みに騙す人が沢山いることを死ぬ迄気が付かなかった。私の知っていることで、一度こんな事がありました。或る社長と知り合って、相談に乗ってあげている、というその社長から電話がかかり、夫が不在だったので私が話を聞いた時、用件の言い方と声で私には胡散臭いとピンと感じたので、夫が帰ってからその事を言ったのに、全然無視して続けたら、やっぱり最後には騙されて大損をしたことがありました。これは昭和五十五、六年頃でしたが、バブル景気の頃に、先代の社長と知り合いだったという会社社長が自宅へ来て援助を請われ出資した事があり、それは何年かして全額返してくれたことがあった。それから何年か後、だんだん不景気になりボツボツ倒産する会社が出てきた頃に、又その会社から出資を頼まれて貸したのです。後になって私が聞き、とても不安になって詳しく聞くと、この会社は特殊な技術を持っており、しかも鳥取の親会社がしっかりして、一流メーカーの下請けをしているので心配はいらん、とのこと。こんど工場を拡張するので、あの社長は銀行で借りたくないと僕に頼んだ。あの社長はキッチリして、前の時にもチャンと返してくれたとの言い分でした。可成の大金ですので私は不安でしたが夫は平気です。済んでしまった事なのでそのまま黙って見ていましたら、その二、三年後に夫が亡くなりました。するとその社長はお悔みに来て「なぜか分からんが御主人が好意を持ってくれて」と言ったのが最初の言葉でした。

主人から聞いていた社長のイメージとはずいぶん違いました。その後返済を交渉すると、不景気で業績が上がらないので、毎月少しずつでもと五万円ほど払い込んできたが、二年後に突然倒産したと管財人から通知が来て、裁判所へ行きました。従業員が大勢来ていました。そこで銀行の借入が十何億あることを知り、夫は騙されていたことが分かりました。結局は銀行や従業員の給料が優先で、私には一銭も返りませんでした。たとえ百万円位でも返るかと思っていたのに管財人は私のことを無視したのではないか、と疑い乍らもそのまま放っておきました。最初からこのお金は無かったものと思えばそれでよいのです。この様に私でも気が付くのに、お人好しか、世間知らずか、あきれた話です。でも、人を騙すより騙される方でよかったと私は思っています。

もっと以前の話ですが、こんな事もありました。事業をしている親戚が頼ってきて、出資を頼まれたのでどんどん肩入れして、順調に業績が上がっているとのことで（実は、そうではなかった）、次々と出資し、なぜか実印を渡しっ放しにしたままその事業が倒産しました。その実印で方々の金貸しから借りていたので差押えは来るし、ヤーさんは来るし、とても大変でした。それまでの出資金は可成のものになっていました。いくら信用しているからといっても実印を人に渡すなんて大人のすることではありません。その時は昭和五十年の五月でしたが、その期間中に印鑑証明のカードが出来たことを知りました。そして寛容な金貸しには、話し合って何か月かの間に全部返済しました。責任感の強い人だったので出来たことです。自分が出資した大金も戻って来ないのに、まだその上にその人の借金まで引き受けるということは中々出来ないことです。

さらに、正義感の強い人です。或る日、夫が珍しく夕方に家の近く迄帰って来た時、三十歳位の男性が持っている洋傘で道を歩いている人に「突いたろか、突いたろか」といって突くので、通行人は皆逃げて走りすぎていく様子を見て、夫がその男の腕をつかんで引っ張ってゆき、タクシーを拾って警察署へ連れて行ったのです。しかしタクシー代を持っていなかったので夫が家まで乗って帰り、私が出てタクシー代を払ったのでその事を知ったのです。その様子を見ていた隠居さんと、丁度翌日、道で会った時にその時のことを話し「勇気のある御主人ですが、どんな技を持っていられるのか。その男は腕をつかまれて、どうも出来ずに素直について行きましたよ」とのことでした。夫は運動は特に嫌いな人なので、何の技もありません。私が思うには、その男は酔っぱらっていたのではないか、そして夫の気迫に驚き一瞬酔いが醒めたのではないかとしか考えられません。又、こんな事がありました。

私達の或るグループの女性が何事につけてもずるく勝手な人で、迷惑をかけられ幹部の人が手を焼いている話を、うっかり夫にしたのでした。それが或る時、私の留守にその女性から電話がかかり、夫が応対して私の話したことを言い、非難の言葉を浴びせたらしい。雄弁な人なのできっと辛辣だった事でしょう。それで、その女性が怒って支部長の所まで行き、退会する、と言ったとの事です。これには私もびっくりして、私の顔も丸潰れになってしまいました。頼まれなくてもこんな事をするのですから、助けを求められると、その人を救う為に異常な程、正義感を燃やすのです。正義感に欠けると困りますが、又こんなに強過ぎてもトラブルのもとになるでしょう。

戦時中に法律の勉強をしたいからと関西大学の専門部（夜学）に行きました。私は、夫のためにはよい事なので大賛成でした。戦後は続いて大学の法学部へ進みました。これは昼の学校ですから昼の勤めは出来ません。それで教員は退職し、それ以来、全然教員生活はしなかった。でも家庭教師の仕事はあり、毎日大学へ行くことはないのでのびのびしていました。丁度、朝決まった時間に出勤するサラリーマンの生活が苦手だったので申し分のない生活です。それが身について、一生規則正しい勤めはせず自由に送りました。

夫はとても潔癖で、新しい新聞を持つ時は印刷の臭いがするので、端の白い所を持つとか、読み終ったら必ず石鹸で手を洗う、何かを触るとすぐに洗う、という調子で一日に何度も手を洗います。外から帰ると、先ず時計をはずして手を洗い、うがいをして鼻をかむ。そのかみ方は普通ではなく、鼻の奥が痛いだろうと思われる位に強くかむのです。家中に聞こえる程なので帰宅したことが分かるのです。又、ワイシャツを着る前に濡れタオルで首や手首を拭くので、カラーやカフスがあまり汚れないのです。今では、洗浄トイレがありますが、夫はずっと昔から排便後、必ず風呂場で洗浄していたのです。こんな人は先ずいないと思います。こんな人ですから小さい子供が裸足で庭へ下りる所を見ると待ち構えていて、雑巾で子供の足を拭きます。ただしこんなことは、自分の身の回りのことだけなのでよかったのです。家の掃除やキッチンまわりなどには手を出さないので、私は気が楽でした。

夫の欠点は、あまり新聞は見ない、本は読まない、男の友達はない、人の意見は聞かない、熟慮しないで思いついたらすぐ実行する、などです。そして沢山の長所を持って生れたのに、それをあまり活かさずに終ったことは、私としては残念でなりません。

つれづれ

コーラ・ナニワ

昭和十年に卒業して間もなく、師範学校の担任の先生の紹介でコーラ・ナニワ（ナニワ混声合唱団）に入れて頂きました。

入ってみて驚いたことは、上野の東京音楽学校とか武蔵野音楽学校の卒業生が殆どで、女学校の音楽の先生が多かったように覚えています。有名な先生もいらっしゃいましたし後に有名になられた方もいらっしゃって、私のような者は僅かしか居なかったのです。担任の先生がどうして私を紹介してくれたのか不思議です。私は生来口下手で、必要なことでも言いそびれる位だから自分から先生に近づくことはなかったのに何故か。私がコーラ・ナニワのお陰でとても珍しい誇らしい体験をしたのを思うと、これは矢張り御守護神様のお導きによるものとしか考えられません。

練習場は、心斎橋筋をどんどん北に進んで、人通りの少なくなった所にある三木楽器店の二階でした。楽譜を渡されると、皆素晴らしい声で合唱です。私は卒業以来思い切り歌うことがなかったので生き返った程にうれしかった。度々ラジオ放送に出ました。現在はテレビジョンの時代ですが、当時はラジオでさえもまだ普及されていない高級家具の一つでした。

ラジオが出来る前の話ですが、それはラジオがまだ商品になっていない時で、私が小学校四、五年の頃のことでした。私より五つ上の兄が旧制中学生で、兄の友達が家へ遊びに来ました。その友達が細い紐の先を土に突き刺して私の両耳に受話器を当てると音楽が聞こえてきたのです。とても不思議でした。どうして土の中で鳴っているのかその友達は教えてはくれず、得意顔で笑っていました。それがラジオでありアースだったとあとで分かりました。

当時、ラジオはＪＯＢＫ大阪放送で放送局は現在よりずっと南の上本町九丁目辺りにあって簡素な建物でした。オーケストラの時はそこから細い坂道を下って行った処でした。山田耕筰先生の指揮で何度か歌いましたが、親しく物を言って下さって日本一の方とは思えない気さくさで光栄でした。ラジオドラマで女優さんもよく見えました。村瀬幸子さん等と撮った写真もあったのに、コーラ・ナニワに関連した写真などはひとまとめにしたまま、あまり大切にして移転の時いくら探しても見当らなくて残念なことです。又、昭和十一、二年頃の渡辺はま子さんがデビュー間もない頃に『ひとりしずか』を歌われて私達はバックコーラスやハミングでご一緒になり楽譜にサインを頼んだら「忘れちゃいやよ　はま子」と書いて下さった。『ひとりしずか』は夏川静枝さんの朗読で二夜連続だったように覚えているが、この純情物語は、一旦ハンセン病といわれ島へ渡った乙女が、誤診と分かってからも島に留まって奉仕するという筋書きで、この歌はその後も思い出してよく口遊みました。

放送局から楽譜を郵送されて、何日何時に局へ来るようにと連絡がありました。時間に余裕のある時はよいが、急ぐ時は今日明日の何時に来いとの速達が来るのです。当時は電話のある家が殆どない時代でしたので、連絡は専ら郵便でした。指定時刻に局へ行くと楽譜が渡されて三、四回指揮者の指導の下に練習したらもう本番です。やっぱりすごい歌唱力だと思いました。そして終ったら一人三円五十銭宛頂きました。当時私の初任給は四十五円ですから大きな余禄で有り難かった。その上ハイヤーで家まで送ってくれるのです。同じ方向の人、三人位で乗るのです。とてもリッチな気持になりました。新聞のラジオ番組には大阪放送合唱団と載っていました。昭和十三年一月頃、自分の結婚式が近づいたので、コーラ・ナニワをやめたのですが、それまでに放送局が現在の所に移転して、豪華な模様の真新しいジュウタンの上を恐る恐る歩いたことを思い出します。そこでも、お月見の頃には色々な秋の歌を、お正月にはお目出度い歌を、夏祭りには新作の祭り唄など放送しました。特に私の印象に残っているのは、内田元先生作曲の「春の唄」を初めて発表されるのに私たちが歌わせて頂いたのですが、歌い出しのラ、ラ、ラ、を何度もお気に召される迄お手本をお示しになった時の御様子が今でも目に浮かびます。この歌は春になると六十年経った今でも歌われているのが、とてもうれしく誇らしく思っています。内田先生はその後あまり長くいらっしゃらなかったのが残念ですが、このよいお歌と共に内田先生のお名前はずっと残ることでしょう。御冥福をお祈りいたします。

コーラ・ナニワのお陰でこの様な体験をさせて頂いて感謝しております。

バイオリン

娘には、小学校に入った時からバイオリンを習わせました。それは私がバイオリンの音色がとても好きだったからです。それに、幼い時から人前に出ることに馴れてくれることが一番の目的だったからかもしれない。それは、当時の私は口下手で、人前に出るのが嫌で物怖じする、そんな自分を情けなく思っていたので、娘にはそんな事のない様にと願ってのことだったのでした。それに、バイオリンはピアノと違い何処へでも持って行って弾けること、もう一つ、私の夢で、私の死ぬ時に娘の弾くチゴイネルワイゼンでも聞き乍ら静かに息を引き取りたいというのが理想だったのです。この話を友達にして笑われました。「死ぬ時はそれどころじゃないよ」と言われて、私はそれまでに人の臨終に出会ったことがなかったので、甘い考えだったと気がついたのでした。

週に一度、先生に来て頂いていました。その間の暫くは、長男と次男にも基礎程度を習わせました。先生は娘のことをいつも褒めて下さり、どんどん上達して音楽会には毎年ステージで独奏しました。次男も二回程独奏しました。六年生になった年、朝日放送局から先生に、弟子の中から一人放送する様に言われ、娘が選ばれました。当時、放送局は肥後橋の朝日ビル四階位の所だったと思いますが、私も行き、放送局の課長さんとお話をし、その方は満州から引き揚げて、今でも病気の時はハリ治療をしていることも話されました。とても見事に弾けたのですが、今では残す手段はいくらもあるが、当時のものは二度と聞くことが出来なくてとても残念です。その後、朝日放送がジュニアオーケストラを創ったので、そこへ入れて頂きました。娘はバイオリン、次男はトランペットでした。一度、中央公会堂でジュニアオーケストラの演奏があった時の事ですが、朝比奈隆先生の指揮でした。演奏が終って全員が立ち上った時、先生も聴衆の方に向き直られた途端、丁度娘の肩に手をかけられたのです。娘がコンサートマスターの隣だったので、先生が間違えられたのか、一瞬よろめかれたのかは分からないが、私にとってはとても印象深いもので、この一瞬の光景が今でも脳裏に焼き付いています。

それから後、放送局の課長さんの紹介で、有名な古武先生に師事することになり、西宮のお宅迄通い、又、音大に進むにはピアノも必要なので別に習いに行き着々とこの道に向って進みました。先生は娘が体格が大きく、手もガッチリして大きいので、チェロをすすめられました。私は、チェロの音域も広く低音の響きも好きだったし、女の奏者はあまりいないので、一寸期待しました。しかし娘が気が進まず、話だけで終りました。ところが高校三年の八月になって突然、音大へ行かずに就職したいと言い出し、私はよく観る易者さんに見てもらって娘の言う通りにしました。

後になってこれでよかったことが分かりました。その後幸せな結婚生活で家事育児に専念し、バイオリンからは遠ざかってしまいました。そんなことから私の念願のチゴイネルワイゼンも夢と消えてしまいました。でも私の一番願っていた物怖じしない人間になってくれたことがよかった、と満足しています。娘のバイオリンは、イタリア勤務から帰国する時に持ち帰られた商社の方に、無理をして譲ってもらったクレモナだったのですが、今では何の未練もありません。ずっと天袋に置きっぱなしになっているらしいです。実は私も同じで、学生最後の音楽会でベートーベンのソナタを弾いたこともあったのに、家庭生活に忙しくて、五十年間一度もピアノを弾く余裕がなかった。私は死ぬ時、娘のチゴイネルワイゼンは聞かれないが、そんな夢だけを見乍ら、静かに人生の終焉を迎えたいものと念願しています。

つれづれ

カタカナとひらがな

昭和十六年一月頃のこと、私が掘り炬燵に足を入れて、活け花の本を読んでいた時のことです。その本は昔の和綴で字は毛筆のようで大きい字だったのですが、長男がその本を覗いて「も」の字を指して「これオトトみたい、何と読むの」と尋ねたのです。その時長男は一歳十か月で、三月に満二歳になるところです。大層興味をもって「ここにもある」「ここにもある」と言って離れないのです。私が「も」と教えたら「桃太郎さんの『も』やね」と言ったのには驚きました。それで私は新聞を広げて、これで探しなさいと言ったので見つけて喜んでいました。ところが、それからが大変です。次に「の」が目に止まりました。そして「丸いのは何と読むの」と尋ねたので教えたら次は「のに角が生えてるのは?」と言うので見ると、それは「め」でした。その次は「四角いのは?」と尋ね、「クチ」と教えると、「クチの中に一本スジが入ってるのは?」と、どんどんエスカレートしていきました。私は子供の表現力に興味を持ちました。「人」を覚えたら次は「入」を見て「人に煙が出ている」と言うので成る程、活字はそのようになっていると初めて気がついたのです。子供はお風呂屋の高い煙突がとても好きでした。幼い子供に教えられました。これが切っ掛けで字に興味を持ち、街へ出ると看板の字を見て覚えてゆきました。そして二か月程の間に平仮名漢字取り混ぜて五十程も覚えました。当時の看板は殆どが平仮名でした。片仮名はとても少なかったのです。

そこで私は気がつきました。小学校では一年間片仮名を教え、平仮名は二年生から教えることになっているのは実情にそわないことです。それで、小学校の国語は一年から平仮名にすればよいと毎日新聞社に投書しました。もう今では一年から平仮名が当然の様になっていますが、昔は一年を無駄にしたと思います。

私は教育学、児童心理学など勉強したお陰で我が子の教育に大変役に立ったことを、師範学校に入れてくれた親に感謝しています。昔はよく幼い時から物を教えると大きくなったら勉強嫌いになると言う人がいたのは無理にイヤがるのに教えるからであって、求知心の盛んな子供はどんなに幼くてもそれが全部身につくので、わたしは子供に目先だけのことではなく、宇宙の惑星のこと、数は無限であることも、要求に応じて教えました。

人間の頭脳は個人差はあるが、記憶力は十三、四歳がピークでその後だんだん落ちてくると教えられました。今では満で数えるので、十二、三歳がピークでしょう。大方の子供は知識欲旺盛なのに、小学校の指導要領の程度の低さと、教師の魅力低下が物足りなく、難しい事を多く教えてくれる塾の先生のほうに惹かれるのは当然です。

漢字を少なくしたり、子供の負担を軽くするなどもってのほかです。求知心の強い子供達はどんどん吸収します。読解力を早く身につけて多くの良い本が読める様に仕向けて下さい。

日の丸、君が代を排除する日教組は日本人の愛国心を薄れさせ、ひいては、国を滅ぼす方向に進ませているのではないでしょうか。嘆かわしく思っています。

アゴの白さよ

十六歳の時、忽然として姿を消した人「K」さんのことが、八十歳過ぎた今でも忘れられません。それ程、私にとって印象の強い人でした。

同級生のKさんはエクボのある頬がふっくらして、口元の可愛い中肉中背の少女でした。私の学校では毎月一度、放課後、各学年の集会がありました。まだ一年生で十四歳位のこと、何かが話題になり次々と意見が出た時、Kさんが立って「それは机上の空論です」と言って自分の意見を堂々と述べました。私は「机上の空論」というのは初耳だったのでとても驚きました。こんな難しい言葉が自然に口から出るのは、きっと難しい大人の本を読んでいるからだと感心したことでした。私が幼稚だったのです。又、何かのことでKさんの短歌を見ることがあったのです。その時の上の句はすっかり忘れたのですが結句が「アゴの白さよ」だったのです。上の句を読んで結句にこれがくるとは思いもよらない言葉だったのですが、「アゴの白さよ」によって歌に深みが出たと子供心にとても感心したのです。昔の学生はお化粧はしないので、朝、顔を洗った時に鏡を見るだけだったために忘れていた「アゴ」だったが、社会に出てからは毎日鏡を見てお化粧する時、手がアゴに触れる度「アゴの白さよ」とKさんを思い出すのです。

そのKさんが、三年生の時、共産党員であることが発覚して、突然退学したのです。たった二年余りの学友だったのに、私にはとても強烈な印象を残して姿を消してしまったのです。学校中、この大事件で大変でした。その頃、私がテニスの練習を遅くまでして校舎に入ると電灯がついていました。そこで担任の先生が私を待っていました。何事か、とびっくりしたのですが部屋に入ると「君はKからエスペラント語をすすめられなかったか」と尋ねられ、「いいえ」と答えると「何か外に変った話はしなかったか」と言われ、私は余り親しくなかったことを言うと、すぐ話が終り、先生も「分かった」と言ってニッコリされました。

私はそれで終ったが、その後Kさんと親しかった一人の級友は、四年の終りまで行動を監視されたとのことでした。今の人には考えられない事ですが、敗戦まで共産党は『思想犯』と言って特に厳しく、分かればスグに投獄されました。Kさんも辛い目に遭われたと同情していたのですが、あんなに聡明な芸術性に富んだKさんのことだから、現在はきっと素晴らしい生活をされていることと思い、七十年振りにお会いしたいものと、夢のようなことを思っています。

短歌と南画

昭和五十五年二月までの十年間は、御先祖供養の会の御指導通り熱心に修養させて頂き、充実した毎日を送り、脇目も振らず、無我夢中に過ごしてきましたが、突然その会を脱退した為、急に手持無沙汰になりました。それで、それまで棚上げしてきた自分の趣味に生きて、余生を愉しみたいと思う様になりました。すると、不思議にも、すぐに短歌と日本画に御縁が出来たのです。

短歌は鍼灸会でお会いする先生が、現在同人になっていられる「歌林の会」を紹介して下さったのです。その先生とはそれまで全然お話もしなかったのに、やっぱり神様のお引き合わせか、私が巧まずしてお近付き出来たのでした。「歌林の会」は有名な馬場あき子先生の主宰で、歌誌『かりん』を発行されていました。私はその時、歌の世界は全く何も知らず、馬場先生のお名前すら初めて知ったのです。そんな私なのに、いきなり大きな会に入れて頂いたことが後になって分かり、幸せな自分であることに感謝しました。

短歌は、娘の頃に誰の指導も受けず勝手に作っていただけのことですから、全くの素人です。それなのに最初から先生御夫妻に親しくお声をかけて頂き、すぐに名前も覚えて頂きました。東京中野のサンプラザで度々催された会には喜んで参加したり、毎年八月に行われる『かりん』全国大会では千葉鴨川、鬼怒川温泉、伊豆長岡に行き、未知の方々との楽しい触れ合いで沢山の思い出を残しました。が、残念ながら夏に弱い体質になってからは大会には出られなくなりました。そして私は、才能もないくせに努力しなければ上達しないのは当然です。『かりん』誌上で歌友達がどんどん上達される歌を読むと益々自信がなくなり、今ではとうとう立ち消えになってしまいました。ご指導下さった馬場あき子先生、何度も何度も励ましや慰めのお手紙を下さった御夫君・岩田正先生には大変申し訳なくお詫びのしようもありません。歌の投稿はありませんがずっと会員ですので、命ある限り見放さないで下さいと願っています。

この『かりん』を介して多くのお友達が出来ました。やはり程度の高い人達で高尚な世界が窺えてとても参考になりました。そして『かりん』の思い出は一杯です。優しい絵柄で美しい大型の和菓子の空缶に、『かりん』関係の人たちの書簡をぎっしり入れていますが、宝物として大切にしています。勿論、馬場先生から頂いた直筆数通、岩田先生からの数十通も大切に納められています。又、写真は、全国大会やイベントなどの大判の写真をはじめ、沢山のスナップ写真も幾冊ものアルバムや洒落た箱に数え切れないほど保管してあります。最後に、いつものことですが、『かりん』の御発展と、先生の御健康をお祈り致しております。

南画は、丁度患者さんが習っておられたので紹介されました。先生は、「日本南画院」の幹部の女の先生でした。場所は私の家から五分程の所にある先生の画友のお宅で、週一回のお稽古だったので、私は怠けずに通いました。学生の頃、四年間毎月十枚のスケッチを提出していて、元々画は好きだったので続いたのです。家では毎晩夫が眠ってから描きます。調子に乗って朝まで描いていたことも度々ありました。南画は水墨画です。年一回の展覧会では、天王寺美術館で展示されました。三十号の「雪映え」は「秀作賞」を頂き、これを最後に、先生の御病気のためやめたのですが、基礎を充分に教えて頂いたので、あとはいつでも一人で描けます。最近、家を処分した時、絵画関係だけは一式茲へ持って来てあるので、何時でも描ける態勢になっています。まだまだ描きたいものが沢山あるので余生の慰みにしたいと思いましたが、いまだに実現していません。この出版が終れば、或いは愉しめることになるでしょうか。達者で居られれば幸甚です。色紙一函五十枚入りや、二双紙大判が物置で待ってくれています。

秀作賞を頂いた「雪映え」

野鳥

お寺の借り住居から移った一軒家は、大阪市内といっても昭和二十六年頃は町はずれで、東のほうは殆ど家もまばらで、遠くに信貴山《シギサン》、二上山のやまなみが続き、金剛山も麓近くまで見えていました。それまで市街ばかりに暮らしていたから、夜は周囲が真っ暗なのでとても心細くて、特に外灯は三か所も明明とつけました。でも昼間は郊外の情緒を存分に味わうことが出来て、とても幸せでした。

モクセイの薫る十月になると、必ずモズが尻尾を振り乍らけたたましく鳴くので、秋の酣《たけなわ》を知り、又冬には小柄な目白が二羽揃ってチ、チ、チと可愛く鳴き乍ら枝から枝へと飛び移り、残ったざくろの実などつついて、又二羽が仲よく飛び去ってゆくのを飽かずに眺めていました。目白を初めて見た時、目の周りが白いので目白と分ったが、色が鶯色をしていて、体は小さいが曲線が美しく、丁度掛軸に描かれた鶯の様だと思って毎日見ていました。それから或る日、洗面所の窓から裏庭を見ると鶯色をした鳥が草の中をつついているので、急いで大きい捕虫網でうまく生け捕りました。私は嬉しくて鳥屋さん迄行きました。十五分位の道を無我夢中で行き、このことを鳥屋さんに話しました。鳥屋さんはスグ「鶯はこんなのですよ」と言って、奥から細長い木箱の一面に紙の障子が入っているのを出してきて、障子を開けて見せてくれました。見ると中は薄暗くて鮮明には見えないが、大体は見えました。鶯色には見えず黒っぽくて、羽はバサバサして背の美しい曲線は見えずきたならしい鳥でした。絵に描いた鶯とは似ても似つかぬものでした。私は何度も何度も「へー、こんなんですか」と言いました。私が捕えたのはムシクイだと教えてもらい、帰ってスグ放してやりました。

　年と共に庭の樹々も大きくなり種類も増えていきました。珍しい鳥も姿を見せる様になり、たのしみでした。処が四十雀《シジュウカラ》は一度見た切り、その他の名も分からない珍しいのは二、三回見た切りで来なくなってしまいました。が、鵯《ヒヨドリ》だけはいつの頃からか、ずっと来る様になりました。最初に鵯が来た時は、野鳥が来る様になって嬉しいと歌にも作ったのに、椿の蕾がふくらんで赤味が見えてくると、あの太い嘴で啄むのです。そして椿が咲く頃にはボロボロになって花の形などありません。幾羽も来るので二本の椿の木は哀れな姿になってしまいました。

それから二年経った頃、この話を私から聞いて次のことを教えてくれた人がありました。

その人は街のまん中に住んでいて、立派な関東さつきの盆栽を沢山育てている方で、屋根の上に鉢を置いていると、雀が来て、さつきに肥料をやるとスグ幾羽も来て啄んで食べ散らかすので困って、一羽の雀を生け捕りにして紐で括り、上から吊るすと、雀は逃げようとバタバタするから他の雀は恐れて皆逃げてしまって、その後は来なくなったとのことでした。

その話をヒントに、私は生け捕りは出来ないから、布で鵯位の大きさの物を作りました。頭らしいものに割り箸で嘴をつけ、下の方には割り箸で二本の足をつけ、羽根は墨を塗り、丁度鵯の死骸に見せかけて作りました。そして、それを細い竹の先からぶら下げて夜の間に椿の近くのモッコクの木に括りました。すると効果テキメン、翌朝早くから、近くの電線に止まった鵯が、こちらを向いて変な声で鳴き続けているのです。きっとその鵯はリーダーでしょう。仲間に警告している様に見えました。ヒヨにとっては仲間が殺された大事件です。二、三十分は鳴いていた模様です。それからは私の庭には来なくなり、私の大好きな赤い椿の花が毎年見事に咲く様になりました。その仕掛は三年位そのままにして置きましたが、その後効き目はいつまでも続きました。

それから聞いたことのない鳴き声を聞く様になりました。それは、太く低い声で、節がついていて、その節が途中で終る様な変な鳴き方をするのです。それはいつも同じ方角の、遠くから聞こえてくるのです。私は、一年も二年も時々聞く鳴き声が気にかかっていたところ、偶然、その鳥はキジバトで、山鳩とも言うと教えてくれた人がありました。昔の流行歌に出てきた山鳩かと思うと親しみを覚え、こんな街の中で山鳩の声が聞けるなんてロマンチックだなぁ、と嬉しくなりました。その後キジバトは巣床を変えるのか、年々近づいてくる様に思われました。そして平成五、六年頃からとうとう私の家の近くで見かける様になった時、あんなに太くて低くよく響く声だから、さぞかし体も大きいものと、永年想像していたイメージとは全然違うので驚きました。それが土鳩より華奢で声と釣合わないので異様な感じがして、それ以来私には馴染めない鳥になってしまいました。もう、ロマンチックなど思いたくなくなりました。それが平成六年には庭のカイズカイブキに棲みつく様になったのです。カイズカイブキの天辺が笠になっているので丁度ねぐらに適しているのでしょう。でも私は翌年の三月、この家を引き払ったので、その後、樹は全部なくなりました。キジバトは他にねぐらを替えたでしょう。

最初、この家に来た時は淋しい街はずれで、曇った夜は遠くの関西線の駅で汽車がシューッと蒸気を吐く音、ゴトゴトと走る音、トンネルに入る前に鳴らす警笛もよく聞こえました。田圃が多かったので田植えの後は蛙の声が遠く近くで賑やかでした。灌漑用のドブ川も方々に流れていて時々メダカが泳いでいたり、時々ドジョウが泥の中から上るのを見たこともありました。金剛山に雲がかかったり、積った雪も見えたが、今では山は見えなくなりました。田圃もなくなりどんどん住宅が建ち、四十年余りの間に地下鉄も通り、近くに駅も出来てとても便利な場所になりました。長い時の流れ、風物の移り変りに感慨無量です。

五葉松

近くのお寺で毎年五月の御縁日には参道で植木市があって、植木好きの人は年に一度のこの時期を心待ちにしていますが、私もその一人で、昭和三十四年に五葉松の苗（三年もの）を二百五十円で買って帰りました。夕支度を急ぐのでどこへ置こうかと見渡して、とりあえず玄関に近い池の傍に置いたら、根を荒縄で巻いてあるのでコロコロして安定せず、移植ゴテで土を少し掘ってそこへ置きました。

そしてその夜帰宅した夫に話すと、あれは中々育てにくい木だと言って全然興味を示しませんでした。

どこのお庭にも黒松はあっても五葉松はあまり見掛けないので、以前から欲しいと思っていたので、それなら自分の好きなように育てようと決めました。

その当時の前栽は築山や塀に沿って植木がありましたが、中程に三間ばかりの瓢簞型の池を作り、そこで睡蓮が白い花を咲かせ金魚も泳いでいました。或る人が貴重な錦鯉を放してくれたのに元気があり過ぎて跳ね上り、僅か三日後に草の中で死んでいて惜しいことをしたのを思い出します。

私はその翌日、とりあえず仮りに置いた五葉松を見ると、池に影を落とす様な丁度よい格好になっているので、動かさずその上に土を載せてたっぷり水をやるとそれで定着しました。私はそれまで関東さつきを育てていたので、どうにか剪定はできるから好きな様に形を作りました。その中に庭の様相もだんだん変ってゆきました。五葉松を買った翌年には朱色の羽衣楓の苗を買って、瓢箪のくびれた池畔の中程に植えたのですが、これこそ中々大きくも太くもならない木ですが、これも姿よく育ちました。四、五年後に或る人が南の池は家相に悪いと教えてくれたので埋めてしまい、その為に庭が広くなり色々の樹を植えました。樹の下にはイチハツ、ニオイスミレも植えました。庭師がいつも樹が多すぎると言っていました。

五葉松は十一月頃から茶色の枯葉が増えてきます。植木屋が入るのは毎年九月なので五葉松には手をつけないので、十一月からは私のあいた時間に毎日少し宛枯葉だけを揉む様にして落とすのです。だんだん大きくなると、脚立に登って、手入れをしました。五葉松は中々太くならないとか伸びないとか聞いていたが、これはどんどん大きく太くなりました。そして年々格好よくなっていきました。植えて十五年位経った或る日、夫を訪ねて来た人がいました。四国の人で、職人風の人でした。四国は松の本場で、出入りの植木屋も仕入れに行くと言っていたので、その人は松に興味があったのでしょう。庭中の植木を見回して五葉の前で立ち止まり暫く見ていて「この五葉は見事ですなァ、三十万かな、いや、五十万位しますな」と言いました。外に槙やダイセンキャラボクなど上等の樹も有るのに、こんなに褒めてもらって悪い気はしませんでした。何だかくすぐったい様な感じもしました。十五年間で幹が直径十五センチ近かったし、枝で長いのは一間半も伸ばしました。こんなに成長が早いのは余程条件がよかったのでしょう。何げなく置いた苗がこんなにも立派に成長するなんてとても不思議なことです。その後平成七年、家を引き払うまでまだまだ太くなりました。その後は私の母校の同窓会が設立した短大に寄贈したのでその庭に、益々伸び伸びと成熟していることでしょう。

短歌とエッセイ

歌誌『かりん』誌上掲載

くつろぎの歌（六十五歳から）

四十余年しまいてありし歌日記いまほろにがく胸のさわげる

あれもこれもなしたきことのいや増して少なき余生に心せかるる

除草すれば樹々の緑の鮮やけく土の黒きに照り映えて見ゆ

こは誰にあれは何処でと庭樹々のいわれ愛でつつ友に語りし

ゴトゴトと列車の響きに目覚むれば汽笛も聞こゆ湖《うみ》の彼方に

湖《うみ》はるか朝靄けぶる山すそに汽車の灯《あかり》らし並び過ぎゆく

はるか湖畔を汽車走るらしオレンジ色の灯《あかり》 並べり朝靄の中

老いし今ひたすら二人の長寿祈る死を希《こ》う程の苦もむかしにて

失策《しくじり》も咎めずに笑い合えるなり老いの脆さを自覚してより

駅のこの階段を痛き足摺りて通院されしか亡き幻《かげ》を追う

手術すると明るき声で不安げなく受話器に告げしが永遠《とわ》の別れか

この市街《まち》にも人を恋いてか野鳥啼く幸《さいわい》いつか来ると待つわれ

道一杯に喋りつつ行く声変りの少年らの前途の幸を祈りて

蟋蟀《コオロギ》の声かすれつつ庭の辺をさ迷うあわれ生き残りては

彼岸花をダイボッサンと呼びしとう郷愁湧きてわれも呼びみる

息子《こ》のハネムーンのみやげの椰子《ヤシ》は十歳経ぬ庭に添わねど捨てもならなく

夫は今さんげの日々にあると言う言葉信じてわれ趣味に生く

星遠き彼方に五位鷺の声去りぬその一声のうつろ残して

薮椿　鵯《ヒヨドリ》の嘴《はし》に傷つきて咲きもきらずに朽ち果つあわれ

冬日うけて目白は微《かすか》に声立てつつ残り柘榴の実をつつきおり

学童の群にすれちがうときふとも教師たりし日のこころ過りぬ

テッセンの濃き紫は過ぎしわが日々の痛手を語れる如し

よすがらの雨に散りしく八重櫻わが空しさも散りゆけよかし

一字一字成仏祈りて写経する真夜の気配もわれに優しき

煩悩に明け暮れ白寿を生きし人今を静かにみまからんとす

土蔵《くら》の葛籠《こ》に逸雄《はやりお》の亡父の息吹く見ゆ手習いの反故汚《し》みて山なす

この山野、銃もて馳せし逸雄の魂はいずくの主となりしや

病む前にその手に懸けし獲物らの施餓鬼果して父は逝きたり

不信心の亡父なればこそ施餓鬼とは孫子への愛の餞《はなむけ》と知る

霰弾をいかめしく腹に巻く父の仕種《しぐさ》に見入る母の眸《め》優しき

くつろぎて爆笑の一瞬それぞれに昔のしぐさそのまま見たり

去りがたきを委ねし汽車はひた走りて故郷は岬となりて翳《かす》める

そぼ降るも烈しく降るもいとしけれ生くる未練の齢重ねて

よいことがあるらし奥より太閤の声音で「おかか」と夫が呼びおり

道すがら掘り携えしみやこわすれ吉野忘るなかの日のことも

遠い日の遠足のこと思いつつしばし乙女となりて山行く

奥吉野に集う歌人《うたびと》の情《こころ》満ちて櫻のごとくなつかしきかな

小楊枝ほどの小さき庭草紫の小花つけおり名は知らねども

小さき草もそれぞれに合う学名もち精一杯にわが庭に生う

仏花にと植えし金盞花可憐にて一輪挿しにす品上りたり

父親似の吾なれど髪白めばふとどこかに母の面影よぎる

終日降りし雨小歇《こや》みたり下水管に落ち入る水のチョロチョロ響く

花菖蒲夜目にも著るくそぼちつつかそかにゆるる初夏の訪い

五輪塔のみ建てしあと廣きまま何事もなく十年過ぎしよ

われ死なば此処よりいつも見護ると実感もなく孫に言いみる

体調のすぐれざる日は草引きつつ吾の墓石の建つ日をふとも

いつの間にか二百に余る鉢となり植替え施肥も重荷となりゆく

欲張りて果樹園にせんと若き日は老ゆることなど露も思わず

台風逸《そ》れ安らぎの風爽やかに高原しのばせ風鈴を打つ

友が記念の水引草は愛らしく花をつけたり幾年も経て

直射厭う習性もてる水引草今年蜜柑の陰で咲きたり

初蝉を夢に聞きつつ目覚むれば雨後の朝《あした》の光まばゆき

奥日光の湖静かなりマス釣りの人はるか見ゆ夕かげりきて

湖岸行けばそこはかとなき湯の香あり水隈《くま》僅か湯煙の立つ

湯の湖より落ち来てまなさきまなしたに滔々と広ごり迫る湯滝は

幾百年生いたる大杉並み立ちてカラマツくらき日光路ゆく

幾曲りまがりて下るいろは坂白樺の幹傾きゆるる

若きより憧れし滝華厳滝望遠鏡にて隈なくも見し

時鳥の斑点に似てその名ありと聞きしより花の更になつかし

この街には初めてのつくつくぼうしなり松に止まりて秋告げに来し

夏額を萩の色紙に替えたれば玄関に秋急に深まる

まだ死ぬ気さらさらなけれど誰にでも判るようにと名札付けおり

恐れる吾に可愛ゆきものよとごきぶりを摑みて見せる意地悪夫

「世渡りは演出なり」と言う夫に添いて口惜しきこと多かりき

去年よりも柿採る脚もとの危うきを深刻に告ぐる夫若からず

醂柿《あわせがき》長年母としたること今老い二人の絆となりぬ

二十年《はたとせ》は昨年《こぞ》の如しも柿ちぎる吾を気遣う亡母の面ざし

神前に祝詞《のりと》賜わり動かざる幼き後《うしろ》姿《で》幸よあれかし

袴着《はかまぎ》の粛たる儀式受けとめて幼なは一《ひと》日《ひ》利口の如し

隣室にてひとり黙々着替えいたり頭脳線良しと褒められし幼な

幼な等に慕われ請われ果報なる老二人秋の利根川に来つ

山遠く河延々と豊かなりおおらかに伸びよ孫の将来《ゆくて》も

ぬかずきて八坂の神の御前に祓賜わりうからは一つ

山茶花は小暗き山べにひそと咲きはらはら散らん父祖の墓みち

裏庭の紅き山茶花ひたぶるに咲きては零《こぼ》る人目あらずも

山茶花を部屋に飾ればゆきずりの気配にゆれてかすか香りぬ

見せるまでは採らずにと珍し花梨《かりん》四つ去年酒は嫁が土産にくるる

二階窓に届く花梨の大き実をカメラに納めぬ孫らも共に

姉の死ぬ夢見たと泣きし弟は優しきままに若く逝きたり

寒の庭にくすり撒き終え庭師らは焙じ茶の熱きに掌も温めおり

早春賦の歌詞浮かべつつ庭に出で葉芽花芽など春を確かむ

丹精の菊幾鉢も持ちくれし人は惚人《ぼけびと》菊はまぼろし

刻告ぐる古き振子のなつかしく捩子《ねじ》まきて父の感触しのぶ

故知れず不安をかもす冬の日の風雲《かざぐも》はじっと鉛の如し

投函の帰途に摘みたるナンキンハゼ九月はじめの秋の色なる

しのびよる秋の気《け》にさえ色づきしナンキンハゼは唐に生《あ》れし木

真夏日を耐え咲きつぎし百日紅秋立つ風はこころよからん

友が病む門を潜りて先ずしるき真赤き万両に吾は救わる

夜着羽織り手術後の友は笑まいつつひょろりと戸口に吾を待ちおり

車窓より冬木立けぶる鄙の見ゆ哀しびに耐うる人の住むやも

凩《こがらし》の一夜に柿葉うしないてもろにきびしき冬空に立つ

鵯《ヒヨ》は追い目白頬白そっと見る梅ふくらめば飽かずいそがし

逞しき鵯《ヒヨドリ》なれど雪積めば姿《かげ》見せず小さき生命いとしき

野いばらはいつの日咲きしか墓道の枯草の中に独り朱き実

見放されし病治りて旅に出たる土産にとパリの香水届く

施術後に愁眉を開く病む人の笑顔は老いの生き甲斐となる

シーシーカラとう啼く音に付けし四十雀冬陽の小枝を飛交い遊ぶ

頬白く縞目もあやに機敏なる四十雀よ明日もわが庭に来よ

無事帰宅念ずる慣い今宵また脱ぎ捨てし夫のスリッパ揃える

幼もまじる地車《だんじり》の声どよむとき槙葉に無情の雨の音する

舗装道路の小さき裂け目に雑草はしっかと根づきて譲らぬ気配

近く聞けばさわなる音色の絃秘めて巧みに奏ずる熊蝉なりき

いずこに鳴くやはじめ優しき熊蝉の極まれば激し頭上にありき

老い忘れ駈けて悔しむ初秋の石廊崎の白き泡思い出ず

どことなく少年の面輪もつ父と楽しげに語る友達親子

地下鉄に茶の間のつづき持ち込みてほのぼの楽し少年と父

萩すすき彼岸花咲きしあと庭にげんげ一面の種を播きたし

あきらめの歌を好みし若き日と今も変らじ彼岸花見つ

蕎麦掻きとう鄙ぶひびきのなつかしく郷土祭りに一包購《か》う

母に似ず幸せなれと鴛鴦《おし》の羽根一人娘《ご》われに願いて託す

一人娘の嫁ぐ日のため予てより鴛鴦に願いは込められてあり

蟻の列にねぎらう母の声真似て吾も言いたき年となりけり

黄ばみても梔子の香り消えやらぬ厚き花弁に愁いふくめる

ハーンも愛でし私もたのしむ朝夕にこの古き屋の雨戸繰る音

夜の間に花の息吹きをよどませてほの甘くかなし百日紅咲く

八月のたのしみ一つ早朝に百日紅の香につつまるること

古稀近き背《そびら》つれなく屈みゆくすべなしかなし仕事のかたち

焦るほど思想きまらず丁寧に蜜柑のふくろの甘皮をとる

足萎えて車に頼る人の瞳にわが外出着は戸惑いたりき

手押車に縋りて歩む人優し若かりし日の驕りは消えて

桜紅葉千切れんとしてちぎれざり昨夜《きぞ》の木枯しかたち残して

柿落葉どの葉もみんな名器皿残しておきたい豊かな秋よ

古稀にきて思いもかけぬ嫉妬の夢に暫し失いし若さよぎれり

報わるる望みももたず枇杷の花冬裏庭に一樹しずもる

枇杷の花の慎ましき色のふた枝をせめて朱赤の花器に活けなん

かねてよりいまわの不安言いし老女歩けずなりて今日入院す

月例の歌会場の事務の女人《ひと》にっこり迎えり身重となりいて

この上は放っておけぬ歯の治療一年の歳月物憂かりしよ

車内で聞く会話の内容わからねば用語解説貪りて読む

くだらぬと思いたりしに事典には歴《れっき》と「若者用語」の欄あり

若者用語の解説読みて驚きぬ感心得心世の移り知る

刻ぎりぎり家を出る夫「宙を飛ぶ」昔の異名今に活きおり

凍てし路を一陣の風に送られて長身の夫は喘ぎて帰る

長き脚ひょこひょこ折りて行く夫と息子あまりに似ていておかし

物言わねば口が腐るという夫に頷きつねに吾は聞き役

老よりも若人向きのマーマレード誰も彼もと小瓶に分ける

ラム酒漬けのケーキの種をまぜる程にシナモン・ナツメグの香りは若き

丹精のオレンジピール勿体をつけ花柄ナプキンに包みて渡す

閉めしまま座すこともなきアトリエの窓開けて一年の邪気を払いぬ

長いながいわがものぐさも終るらし盆栽の棚少し整う

アーアーとひとりぼっちで北をさす鴉の行く手は雨模様なり

わが友は昨年老夫を見送りて今ぞ死の床佳き人あわれ

暗き話題吹き飛べ古稀なる二十五名集いて「花」を二部合唱す

法隆寺拝観途中元校長の迷子になるも余興の一つ

友が語る幸せあまりに詳細《つぶさ》にて諦めいしもの甦りくる

白樺湖池の平は耳に優しスロープおちこち眼にも優しき

キスゲの群ツツジの群を追いし眼に北アルプスは遥かまぼろし

千曲川川中島をバス行けば杏の里のあんず熟れおり

尼宮様より二人の法名授与されていよいよ覚悟「悟念」「静心」（善光寺）

友の出版昨日祝いし晴れのバラわが花籠にかすか身を揺る

幼が捨てし飴紙に命あるごとく乗客疎らの床をとびまう

賑わしき集いのあとの一人きり自分が小さくうすれてゆくよ

今日もまた雑事に終えし嘆かいを夫は術なく聞かぬふりする

耳聴く視力も落ちず老いし身よ父母の恵みを多とする頻り

地価高騰坪百万の六十坪三人子に分ければと主婦らの試算

馴れぬ地で如何お過しかわが庭の石榴沢山色づきました

「小包は大阪の匂い」とわが家のざくろよろこぶ声届きたり

秋立つ日昨日にも増す蝉時雨残生見えて急ぐなるらし

鳴きつくしむくろとなりし我が庭の熊蝉のいのちわれのみが知る

樹にしっかと摑まりしまま蝉の殻は秋の陽かげに忘れられいたり

鋼よりも強く響きて鳴きいたる蟬のなきがらかろがろとあり

精魂傾け鳴き続け来し熊蟬は紙より軽き骸となれり

使命終え骸となりし熊蟬のかなしみ一つわが手に残る

二十日足らずの短き命熊蟬は殻の姿に念い残して

緊張のほぐれし時か工事音にまじり一ふし口笛聞こゆ

昨日まで聞えし口笛「草競馬」今日はいずくの現場に吹くや

広がる枝に鈴なりの実は金の色老いし栴檀《センダン》は安らにありき

庭隅に鬼門除《よけ》とう柊の枝振り構えて白華香りぬ

わがせなの曲り不憫と涙されし十年振りなる女《ひと》の優しき

賜わりし新巻一尾の堅き頭もうまく処理して年越えにけり

商店街の熱気溢るる年の瀬にはやらぬ店見れば心疼けり

風邪病みて三日見ぬ間の寒椿眩しき程に零しておりぬ

はからずも二人の友の背の君の入院聞きて我が身引き締む

静寂簡素沈思黙考はからずもテレビ故障の良き日なりけり

ビル毀されどの家も裏のごたごたを隠す術なく曝されてあり

古稀なれど雑用尽きず今日も亦揃いて夜食を若者のごと食む

我が伜も強情も折れ好々爺かすかな寝息のいとおしきなり

こんなにも庭の飛石沈みたり踏み来し永き歳月おもう

己が時間執着せねばすがすがし鍋釜薬罐を丹念に磨る

「あれもこれも」と歌いしは七年前のこと限界見え来し今は思わず

東北線上野の通勤者映る雑踏に若しやと汝を探す母なり

金婚の花束に拍手鳴りやまず孫子等の顔まぶしみて見る

愛は知ること天眼鏡で見るギボシかぼそきむらさきあわれ艶なる

長雨に灯籠の苔みどり増しつやつやビロード庭の明かるむ

子が初めて老眼鏡をかけておりわが動揺にはにかみながら

早生蜜柑むけばわが部屋いっぱいに匂い立ちこめ秋の訪れ

若き日はセレナーデ今は声かすれ頽廃の唄つぶやくように

十五年後のわが身を想い煌めける大接近の火星に魅入る

四半世紀も灯りつづくは奇跡さぞ水銀灯に魂宿りいん

放電管を替えて明かるしこの夜の白梅のびのび香り放ちぬ

剪定の冴えに屋敷内あかるみて山茶花さんさん花びらこぼす

ひよっと置いた五葉松の苗が定着し三十年経て今は花形

一枚の絵

今から二十四、五年前のこと、私が主婦業と植木いじりをささやかな愉しみとして、平凡ながら多忙な日々を送っていた或る日、突然、卒業して二十余年になる師範学校時代に図画担当だった青木幹先生から大型の封筒が届いた。先生は私の卒業より一年前に定年で退職されたが、その後全く文通も無かったので不審に思い、急いで開けると在学中に私がスケッチした小さな水彩画が一枚入っていた。

その絵は、灌漑用水路の窪まった暗渠の上に小さな土橋がかかり、土手の道が緩やかなカーブを見せ、晩秋の柔らかい西陽を受けて稲叢が点在している片田舎の風景で、遥か遠方に二上山に続いて低い山なみがうっすらと描かれてあった。

この絵との対面は二十数年振りなのでとても懐かしく、当時の事が昨日のように思い出された。この絵の暗渠の場所は、通学の往き帰りに車窓から僅か二、三秒位見えてすぐ隠れてしまう所だが、暗渠の土止めとして築かれた頑丈な板や丸太の素朴さと、静かな水にその影を写している情景には、不思議にも郷愁を覚え、私はずっと長い期間心を惹かれていた。そして或る日、ふと絵に描き残そうと思いつき、一人で途中下車してスケッチブックに描き納めた。先生はこの絵にいたく興味を示され場所を詳細に尋ねた上、絵を所望されたので、惜しさと光栄と半々の気持で差上げたことを思い出す。

送られた絵には「本棚整理中発見、老い先短き故永久保存覚束なし、お返しする」と几帳面な字で書かれた附箋がついていた。

その時の感動は、拙い言葉では言い尽すことは出来ない。絵には描く者の深い愛着が込められている事を誰よりもご存じなればこそではあるが、住所を探してまで送り返すなどは中々に出来難い事である。

青木先生はこの翌年八十七歳で天寿を全うされたが、やはり死期を悟っていられたのだった。ご冥福をお祈りしてやまない。

（『かりん』昭和五十八年十一月号掲載）

先生のお言葉が添えられた女学生時代の絵

竹の花

数年まえ、生駒山で竹の花が一面に咲いて真白になっているのを見て不吉な予感がしたという珍しい話を聞いたことがあったが、今年、わが家の庭にある二百本近い竹が一斉に花が咲いた。

これは大変なことだと百科事典と植物図鑑で調べたが希に咲くという程度で要領を得ず、長居植物園に電話で尋ねてみると丁寧に教えてくれた。竹はイネ科の植物で四十年から六十年位が寿命でその時に花が咲いて枯れてしまう。種が落ちて期間は長くかかるが生えてくるので絶滅はしない。種が多くこぼれて野鼠が繁殖し田畑を荒らすので竹に花が咲くと凶作だ、不吉だ、と昔は言っていた。と質問に対する答だった。

寿命が尽きた竹に花が咲く時、その縦横に伸びた根茎から生えた竹は、去年生えた新しいものでも花が咲く。そして一斉に枯れる。これは理解出来るが、とても驚いたことは、途中で生えた竹を切り離して別の場所に植えても咲くということだ。

近隣の三軒に上げた竹にも、二百米離れた知人に上げた竹も行って見るとやっぱり咲いていた。一年もずれないで皆同じ年に咲くこの不思議さ。根にも茎にもルーツが包含され、内蔵されている植物の本能と言いたい。いつかサボテンに心があるという実験を見たが分かるような気がする。

竹の花を見て以来、小学生のように雄花雌花をルーペで観察記録したり、子供や孫は勿論、来訪者にも説明するのに大童《おおわらわ》。今後結実して枯れるまで観察を続けるとまだまだ忙しい毎日になりそうだ。

今、竹の節々から葉の代りに沢山の穂が出て白っぽい雄芯がかんざしのようにビラビラと五月の風にゆれている。もう二度と見られない風情だからよく味わっておきたい。そして長年この庭で愛で親しんできた二百本の竹も、間もなく姿を消してしまうかと思うと惜別の情が込みあげて胸が痛くなる。まるで可愛い飼犬が死ぬように。

（『かりん』昭和六十年八月号掲載）

第三の人生の歌（八十歳から）

丹精こめし樹々は別れにバンザイの門出祝うか秀の耀ける

孫娘《まご》運転の車は揺れて大和川を越えたりいよよ終焉の地へ

第三の人生なんて洒落れてみる三月五日はわたしの記念日

過去すべて葬り去れば独り身は軽々として未練などなし

古墳多きわが終焉の地よいとおしく朝夕屋上より遠山望む

「ホームの生活素敵なくらし有り難う」子等に明かるく電話かけつぐ

夫婦墓に二人の法名刻まれし今複雑な心境となる

「カラスは不吉」古伝のごとくあの夏は一声一声胸に刺さりし

死期近き日「鴉がそこで鳴いたよ」と現実の眼をせり我絶句す

兄弟《いろせ》とう二上山に真向う道をわがもののごと誇り日々ゆく

最良のチャンス狙いて通いいし萬朶《ばんだ》の藤にカメラ向けたり

まさかのビリヤードにのめり込み子は驚き次に安堵す

忙しくてピアノはとてもと謝れば忙しいが最高と医師は頷く

唱歌だけの教え子男子七十歳シドニーハーバーの絵はがき届く

入院時死など思わずのんびりとナースに冗談言いしはあわれ

現世ではそれぞれの道を墓碑見れば堅い絆の睦めるかたち

わが業も斯くやと恥じつつ丹念に墓のスギナの深き根を掘る

炎天下残さず墓の草掘ればすいた各停でゆっくり帰る

宮沢りえによく似た美女が席立ちて吾に譲る時一斉に見らる

はからずも天平時代の由緒ある瑞亀の寺が菩提寺となる

広い広い空と浮雲見て暮らす毎日が欲しい幼になって

晩年の夫が好みしあずき粥味わいて食ぶ秋立つ朝に

小児四人転げ汚れて遊ぶ傍母同士話に花咲かせおり

折角のひらめき脳裏を擦り過ぎ思い出せない淋しい老化

名刹の西念寺にて亡夫の忌荘厳の辺に息吹き漂う

院主撞く喚鐘《かんしょう》の音に祭壇の灯明たかく炎立ちたり

二、三年ためらいたりしが力尽き除草剤の世話になり果つあわれ

不精者！　と五輪塔の陰に聞く十六霊地に除草剤撒けば

青春の思い出抱きてこの地より魂は大阪を眺めいるやも

傘寿の日に賜いしシクラメンの一鉢にて部屋中輝やき蕾咲きつぐ

老いたれど吹くハーモニカの音は若し調子にのれば息の苦しさ

買物に通う道なりむべの花は五月に咲きて実る霜月

珍らしき花実をつけるむべの木の住人に一言話してみたく

体調の悪き日は部屋を見回してタンスなどわが死後はどうなる

おりおりの歌

背君の長きみとりをねぎらいて

かずかずに心くだきてながながきみとり果せし君に幸あれ

背の君をみとりし経過《あと》を淡々とのたもう眸の深き悲しみ

悲しみも苦しみもこえうるわしく老いたもうごとならましわれも

～昭和五十四年九月

亡き歌友を偲びて

幾とせを君が愛でにし桜花今宵無念の嵐と散れよ

もくれんを仰ぎてあれば亡き人もそっと寄り来て賞でいる気配

白、紫のトルコききょうは君好み中陰の写真少し笑ませり

かたきつぼみに心残して逝きし人その窓下に桜散りそむ

～昭和六十三年四月

百日紅はがれてうすき樹皮反《そ》らし夏生きつぎしあかしを落とす

天の使いか鳥が運びし名無しの木珍しき葉の増えるたのしみ

三十八度の猛暑に鵯《ヒヨ》らどこへ行く汗腺無きとうあわれ鳥たち

雨けぶる御苑の森にこだまして鴉悲しきアルトのひびき（御大葬）

十五年後にはわれ黄泉《よみ》ならんいくそたび夜空を仰ぎ赤き星見る（火星大接近）

ボーリングの恰好つけて年忘れ孫らと楽しむ後楽園センター

指折りて吾を待ちくれし孫のさまその母告げぬ栗橋の駅

不意に椿の花コトンと転がりぬその時少年の驚きの眸はも

この夏の異常を嘆く老いの身よ熱砂に抛られしくらげに似たる

真夏日は身を溶かしむや陽が落ちて蝙蝠もどきと自嘲して出ず

古きペンの跡～乙女の頃

乙女の想いを歌に

上級生の君を慕う

白百合のかたわらに咲く名無し草あわれ切なきそののぞみかな

夏過ぎて淋しきままに夏過ぎてまぼろし淡く月夜の道は

その君は冷たき優しき白百合よ真赤きチューリップのわれはかなしも

彼の里に友去りてよりひねもすを壁の画見つゝ疲れ果てたり

桐の木に秘めしまことを知らなくに友みなわれを理智と言うかな

ひとりして何嘆くらん寒き夜にチャルメラの音のさえ渡るかも

今見しはあゝ夢なりきしかすがに泣きじゃくり出ず未だ苦しく

身に余る苦しさあれば野に出でて絵を描くことを我は覚えき

夜ひとよ悩み通しし吾なるに君はしらじらほほえみたまう

浜に上げし仕掛花火の儚なさは人の心に似てぞ悲しき

花火上ぐるさなかはよけれど消えし後のうつろ心をいかにせましを

刻々にたそがれてゆく田の径を君と語れり稲穂そよぐも

大波の打ち寄す浜に君とわれ日の入るまでも語りし頃かな(高浜)

波の音に声消されつつ語り合いし去年の真夏の高浜恋し

昨夜来て今宵又来る胸ぬちを君は知らずや万代が池

藤色の灯を慕い来し夏の夜は虫の音冴えて早や更けてゆく

あわあわと灯は藤色よ池に来て星なき空に人恋いわたる

淋しさに池のほとりに来てあれば今日もうつるよ藤色の灯が

夜の池にボートはすべるさざめきもうつろにひびく提灯三つ四つ

寄宿舎生活

みんなみんな我にそぐわず唯一人ピアノを弾きて今日も過しつ

雨だれのとだえし後の静けさにため息もるる寮の夜はも

絶え間なくとひより落つる雨だれの頭に沁みぬ寝返りたれど

ひそやけきこのしずもりに物思えば校舎の果てよりピアノ聞ゆる

ひとけなきしじま好みてこの午後を本読みいたり広き校舎に

弾き疲れ歌い疲れどなぐさまず母よ母よと天に叫びぬ

友いたつきて

広き家に兄妹三人《みたり》住むという甲田の里に春は暮れゆく

ちちははのいまさぬ人はいたつきてさびしかるらん甲田の里に

山近き甲田の里の月見草部屋にかざれば人のしのばる

臨海学舎

海に来て眠れぬままに目覚むれば寂しき夜半なりふくろうの鳴く

ホウホウと鳴くふくろうをいとおしみひとり目覚むる初旅の夜半

島でなくからすの声に夢うすれ夏の夜明けの寝覚め悲しき

磯の辺の松が根もとに生い出でしかわらなでしこのいじらしきかな

朝露にぬれそぼちつつ二つ三つかわらなでしこのつつましきかも

父母の隠居を訪ねて

ちちははにつくし足らぬと思う時ふるさとの駅は立たれざりけり

ちちははを護り給えと立つ際に神に詣でてしばし安らう

わが汽車はひたに走りぬふるさとも岬となりて遠くかすめる

折りにふれて

秋雨は静かに霽《は》れてぬかるみに灯の影寒くさしそむ

わたり鳥空の彼方に声去りて月のみ冴ゆる秋は来にけり

歌声を波の調べに合わせつつ踏みしめて行く秋の真昼を

車窓よりつと過ぎゆきし朝顔のその紫に露のかがよう

午睡してふと目覚むれば子等の声も汗ばみ聞こゆ真夏真昼に

森の上の赤く傾く三日月に吾たたずみてふるさとを恋う

夕さりて今たそがれに覆《おお》われぬ地平の彼方は静かにねむる

枯草と思いて抜けばみずみずし根もとに春が潜みていたり

土筆摘みいてふと淋しさにたたずみぬ友は遠くに我を呼びおり

線香の佳き香に浸りひねもすを机に向う風ある彼岸

師の君に無沙汰しければ長文書く春のあしたのうそさむきかな

三年振りに声を合せて歌いたるスザンナの歌は寮の香がする

旧友は肩をたたきて先ず言いぬ歌をうたえば君を思うと

山に住み思う限りの息吸いて思う限りに歌わまほしき

広い砂丘のスフィンクスに月照りてものすごきまで黒き影恋う

日章旗の連らなる街を果てしなく歩みてみたきうれしき心

たましいを育くむことは我がさがに合わぬと思う拙《つた》なきわれに

朝夕に合わす瞳は火の如き熱きひとみよ我を焦がすや

山村

この夏休みのたった二日間であったが、紀州の栗栖川という所で過ごしたことが忘れられない。

叔母の初盆なので、父と弟と三人で出掛けた。旧盆の十四日に鮎川という所までバスで行き、そのあとは、余りにも景色がよいので約一里半ばかりを富田川に沿って歩いた。幼い時から故郷ってどんな景色の所だろうといつも想像して憧れていた事が、今年やっと叶った。富田川は何十年振りかの旱魃で、水が涸れて殆ど河原になっていて、その広い川巾の一隅に澄みきった水が流れていた。

路は川に沿って自動車が通れる程度の白い土の路だった。家はまばらに建って居て人に会うのも稀だ。時々男の子が四、五人真黒い体をして魚を取っているのを見受けた。

木陰の涼しそうな所に深い淵があった。その淵は、たとえようもなく清く澄んで、底の岩も、岩の苔までも見える位だった。よく見ると、五、六寸もある鮎が気持よげに、しきりに岩に体をすりつけては悠々と泳いでいた。山川の景色を眺めつつ叔母の家には夕方に着いた。私は早速真白いワンピースに着替えて畑を通り抜けて前の河原へ行ってみた。何と平和な夕景色であろう、私は長い長い間、夕方の色の変化を見ていた。川の下流に見える山の色、家の裏山、上流の遠山、みんな違った色で、暮れなずむとはこのことだと思った。

私は清らかな水の流れの所へ歩を運んだ。そこで、流れの中に立って鮎を掬う親子を見た。親子は二、三十センチばかりの浅い流れの中で下流の方を向いて並んで立っていて、のぼってくる鮎を逃がさないという構えだ。左の方の七つ位の男の子が、左手に持った長い笹でパチンパチンと水を叩くと鮎が体をかわして右の方へ逃げる。するとそこで父親がタマ（タモ）で上手に掬っては腰につけてあるビクに入れる。忽ちの中に七、八匹掬った。親子は無言である。私にチラと目をくれただけで又黙々と続けていた。

私はいつまでもこうしていたかったが、ふと向こうの家の方を見ると門口から祖母らしい着物が小さく見える。しきりにこちらを見て探しているように思えたので仕方なく帰った。

その翌朝も早くから河原へ出て見た。朝の空気は大阪と違いとてもよく澄み切って又格別だ。スケッチを三枚して帰った。午後従兄がどこからか河鹿を持って帰って来た。私はその時初めて河鹿を見た。その夜、河鹿の美しい声を楽しみに待っていたが一声も鳴かなかったのは残念だった、私はその夕方も亦河原へ行ってみた。そして昨日と同じように暮れてゆく平和な山村を飽かず眺めた。それに昨日の親子が今日も亦無言で鮎を掬っていた。

その夜、まん円い月が前の山から出た。月明かりで畑の向こうの自動車道がほのかに白い。叔母の初盆なので二里ばかり奥の叔父達が来た。叔父に会うのは以前大阪の家で会ってこれで二度目だった。小学校長の叔父と中学生の従弟と三人で涼みに出た。前の道を抜けて富田川にかかっている吊橋の方へ行って見ると、そこには村の青年男女が、ゆかた姿で三々五々、楽しそうに涼んでいた。それは都会の就職先や学校から、お盆休みで帰省した若者が集っているという雰囲気だった。

冷たい水の出る所を探そうと従弟が言い出したので、もうしっとりと露の置いた段々畑の畦道を、月明かりを頼りに危ない足どりで水のある所までたどり着いた。水は氷の様に冷たかった。そして甘い感じもした。私達は咽喉を潤して又暗い畦道を引き返した。叔父は山を見上げつつ静かに口遊んだ。

ふるさとの林に照れる月影は
神代の水のごとく澄むらん

啄木の歌だ、とてもぴったりだったので私は黙ってそれを聞いた。そして私も口遊んだ。三人は月影を踏みつつ、夫々の思いを胸に言葉少なく帰った。

この夜、私は大阪の親友にこの感激を詳しく手紙に書いた。彼女はきっと蚊取線香を焚いた部屋で汗を拭き乍ら読むだろうと思いつつ。

（昭和九年校友会誌に掲載）

（昭和九年の貧しい時代だったことをしみじみ思い出されて私には捨て難い一文である。旧仮名遣いを新仮名遣いに直した）

著者プロフィール

佐保川 ふみ（さほがわ ふみ）

大正４年、和歌山県生まれ。幼時より大阪在住。
大阪府女子師範学校卒業後、大阪市内の小学校に数年間勤務。
その後、約40年にわたり、鍼灸師として忙しい日々を送る。
趣味は南画と短歌。
本書挿画も著者本人によるもの。

忘れ水

2002年４月15日　初版第１刷発行

著　者　　佐保川 ふみ
発行者　　瓜谷 綱延
発行所　　株式会社 文芸社
〒160-0022　東京都新宿区新宿1-10-1
電話　03-5369-3060（編集）
03-5369-2299（販売）
振替　00190-8-728265
印刷所　株式会社 フクイン

ISBN4-8355-3126-4 C0095